Seba・蝴蝶

Seba・蝴蝶

Seba・蝴蝶

Seba・蝴蝶

蝴蝶館 54

洞仙歌

Seba 蝴蝶 ◎ 著

elegantbooks

我的確想過，終有一天會跟媽媽告別。而且早就打定主意，我要親手處理她所有一切的身後事，畢竟我是那樣愛她。

但我沒想到，莫非定律總是發作得那麼過分，讓我連這最後的心願都辦不到。

只能說，老媽的運氣真是倒楣到極點，一輩子都是不幸的代言人。生平第一次搭飛機，都能夠遇到交通工具失事率最低的空難。

我很悲傷，但我更生氣。雖然跟我老媽出門老有人問是不是我妹妹，四十幾歲的人看起來像十八歲，雖然我那少女似的老媽卻美麗得非常陰森，半夜回家時嚇哭不少管理員北北。

雖然她連自己都照顧不好，是個方向殺手兼家事白癡，和她外表的陰森一點都不搭調的單純善良……雖然她的職業總是讓人人驚惶，因為她是個屍體化妝師。

但她愛我，非常愛我。就算一輩子那樣倒楣、顛沛流離，蠢到替前夫扛了龐大債務而窮困潦倒，她還是傾注所能的愛我。

我也愛她，非常愛她。雖然我常笑她是天山童佬，但我真的愛極了她。

尤其是在情路上跌過跤以後，我才知道，這世界上唯一會無條件永遠愛我的人，只有她而已。我願意洗衣燒飯作家事，願意賺錢養她，只要她還能夠展現美麗又陰森的笑容就好了。

如果我是男的，說不定就發展出強烈的戀母情結足以寫色情小說了。可惜我是女生。

我難過，非常難過，又生氣又難過。看到她的滑板還擺在門後，牆邊掛著她的白洋裝，眼淚更是不能控制的流下來。

真不該罵她。她愛穿蓋過腳面的白洋裝就該多買幾件給她穿，她懶得走路用滑板有什麼關係？鄰居被嚇得心臟病發作，是他們精神脆弱，一定是做了什麼虧心事，才會被長髮飄飄的老媽嚇個半死，根本不是老媽的錯。

正痛苦淚流，該死的門鈴響了又響，都不給人傷春悲秋的。打定主意不理的，門外的人卻不放過我，踹起門來了。

我大怒的拉開門……然後怒氣更旺。

我那無恥的老爸居然盛氣凌人的推開我，走了進來。這混帳，誰希罕他來上香？人模狗樣的，金玉其外、敗絮其內。先騙老媽幫他借了一大筆錢，迅雷不及掩耳的告上法院訴請離婚——說我娘沒有履行夫妻義務，告她拋棄。

嘖嘖，高級知識分子。律師真是了不起的職業，拿來對待前妻再好也不過了。

但我沒想到有個定律是這樣的：沒有最無恥，只有更無恥。所以這個更無恥的律師先生，不是來上香的，而是來跟我分航空公司發下來的撫卹金。

你相信這種事情嗎？萬一將來他老了，我不肯養他，他還可以告我遺棄欸！真是太好了！

反正老媽不在了，我不用顧及什麼面子不面子。一個箭步衝到陽台，我掄起掃把，並且懊悔應該放把斧頭在家裡，鐵鎚又急切中不知道擺哪了。

他追到陽台要搶，我掄圓了打了他幾下，但男人的力氣就是大，不但搶走了我手裡的掃把，他還抓住我的胸口，用力把我推下陽台。

十四樓欸。

真是荒謬透頂。我才遭逢喪母之痛，又被禽獸老爸給謀殺了。

當我跟地面接觸的時候，世界瞬間變成黑白的，顏色都被抽乾了。我以為會很痛，但我眼前只有刺目的閃白。

最後映入我眼簾的是我自己的手。

我不知道空白了多久，或許一切發生得太快，連疼痛都來不及感覺。

重新映入我眼簾的，是另一隻蒼白的、非常熟悉的手。我抬頭看，是應該已經死掉的老媽。

她還是梳著公主頭，白洋裝，掛著美麗又陰森的笑。一手握著我，一手打直手臂，指著前方。

「……老媽，妳這樣子會嚇到人。」我不得不承認，我媽很漂亮，但像是《聊齋》裡頭走下來的美豔女鬼。

她有些害羞的笑了一下，「不痛喔，鸞歌。呼呼，不痛……妳爸爸只是一時激動，他沒有殺妳喔……」

我回頭瞥了一眼脖子轉了一百八十度，足以看到自己脊椎骨的屍體。用不著法醫判定，這明顯是謀殺。

「妳沒有死嘛。」老媽的邏輯向來很怪異，「妳會繼續活下去的。不然被自己的爸爸殺死，該是多麼悲哀啊……」

「他是殺了我啊。」我無奈的說，「沒關係啦……老媽，我跟妳去吧。沒有妳我飯都吃不下……」

「妳要長大啊。」媽媽拉著我的手，「妳的壽命還很長啊，比什麼人都長呢。不要恨妳爸爸喔，心底有仇恨的陰影是不行的，被自己爸爸殺死會心理變態啊……」她叨叨絮絮的勸說，雖然面無表情，但我知道她的善良和溫柔。

我讓她拉著，一步就跨到一個三人病房。

病床上躺著兩個人……死人。因為她們都沒有呼吸。而這個病房沒有燈卻亮得很，讓飄浮在半空中、碗口大的黑洞看起來特別顯眼。

一個奇裝異服的女人，虛托著黑洞，默默看著我們。嘆了口氣，「朱繁，真要這樣幹嗎？妳一生積下的功德，足以讓妳來生無憂。」

「那個……不用啦。」老媽握緊了我的手，「不好意思喔，讓大家為我擔關係……但鸞歌、鸞歌不能被她老爸殺死呀……這樣會造成不好的影響。下輩子會很苦的……」

「他已經殺死我啦。」我嘆氣，「媽，妳不要再幫他講好話了。男人都是混帳啦，我早就知道了。」

「不、不可以這樣說！」老媽點了點我的鼻子，她總捨不得打我，最多也就這樣了，「妳會繼續活下去的……」

我開始有點警覺。老媽搞什麼？想來個借屍還魂？該不會一口氣準備兩具屍體給我吧？

「一個呢，妳不想被撕成碎片，就別去動。」那女人嘆息一聲，「另一個呢，病入膏肓，妳也別想了……算了算了，反正這漏子不是我們捅的，多偷渡一個也不算什麼……替妳媽省點功德也好。」

……我猜是我的錯覺。怎麼這女人的語氣聽起來有那麼點幸災樂禍的感覺……？

她豎起纖白的食指，笑得非常陽光美麗，「要感謝軒轅國主撕開時空的裂縫唷。」

我媽放了我的手，她將我一推。身不由己的，那個黑洞越來越大，等我意識過來，已經被吸了進去。

「媽！」我回頭狂呼。我知道我媽的邏輯一直很詭異，但沒想到這樣詭異啊！

「……鸞歌，記得睡前要刷牙喔……」我媽圈著嘴喊，「不要挑食……」

然後我就看不到她了。我沒想到，原來魂魄也是會昏倒的。

＊　＊　＊

人生悲哀的開始，就是不能選擇父母。

攤上一個會謀殺自己的老爸已經奇慘無比，沒想到老媽生前少根筋，死掉也沒把那條名為邏輯的筋長出來，我很感傷。

躺在死人堆中，我無語的望著天上明月。

醒來就在死人堆裡，當然不是什麼好的經驗。幸好我媽窮到沒錢送我去安親班，我上小學以後，下課就去殯儀館寫功課。我幾乎是在殯儀館長大的，死人從小看到大，已經沒有絲毫感覺了。

甚至我國中時就開始在裡頭打工，連洗大體都幹過，人手不足時還可以幫著化妝。不是學校太遠，我真的打算將來往禮儀師發展了。

結果我念了個普普通通的商學院，普普通通的畢業，當個普通的會計。很普通的戀愛，因為太普通所以被普通的甩了。甩完沒兩個月，我媽飛機失事，我爹宰了我。

我才二十五歲，已經擁有普通悲慘的前世了。

比較不普通的是，因為我媽特別的邏輯和那個幸災樂禍的女人……我借屍還魂了。情形還相當不妙的，復活在穿著古裝的死人堆中。

等我有力氣爬起來……覺得脖子很痛，嘴角有血，看看自己的手……現在的手，很小，照這種程度來看，應該是個小孩兒吧？小心翼翼的上下摸索一下，感謝上蒼，還是女的。

萬一挑錯身體我真的想再死一次。我恨男人，總不能每天小解時都想自宮。

坐了起來，發現在一個半被荒草掩蓋，但非常豪華的宮殿……大概吧。看那石柱雕刻得如此繁複，總不會是什麼小裡小氣的地方。但也應該不是廟宇，沒有佛像，看雕刻的圖案也跟佛教無關。

然後就是一地安靜的死人。看血跡凝固的程度，大約超過一天吧……但不會多於三天，味道還不重。

前後逛了一圈，我心底越來越迷惑。

我確定我在某個深山中，但深山裡有這樣半頹宮殿就很奇怪了，還有這些剛死不久的人。這些人穿的哪朝古裝我雖然不懂，但也看得出來服飾華麗，手指都沒什麼勞動的痕跡。

本以為是被強盜搶劫，但衣飾或許凌亂，卻金釵委地，無人拾取，這就奇怪了。我還在宮殿裡找到廚房，有糧食和青菜、雞蛋，肉已經有蒼蠅在飛了。更詭異的是，我居然還找到一個小石屋，裡頭有豪華的溫泉浴池。

循著出水口找去，找到源頭，沸騰得足以煮蛋。

想不通，真想不通。我納悶的抓了幾個雞蛋放在竹筐裡，放在源頭邊煮溫泉蛋邊設法搞清楚我的處境。

照著水面來看，我是個梳著雙丫頭的十來歲女孩。淡眉細眼，沒什麼出色之處，和我生前還有幾分像。衣飾很樸素，手上有點繭，想來不是什麼小姐吧？最少我全身上下沒找到值錢的飾物。

悶悶的吃了幾個雞蛋，又喝了幾口溪水。沒人可以問，我又不會通靈。蹲了一會兒，我還是慢吞吞的走回去。不管怎麼樣，總是要先活下去是不？再說，這些死人無辜又可憐，總不能把他們擺在這兒腐爛。

這是個體力活沒錯，幸好也才十三具屍體。一個個挖坑我是辦不到，但集體火葬應該還行。廚房外面堆了很多柴，我一面把死人集中在一起，順手整衣，然後拖柴覆蓋上去。

真的很抱歉，我這身板的體力不太好，得委屈你們了。我默想著。但我去拽一個大嬸的胳臂時，她身體底下的一隻手拽住了我的袖子。

……我還是頭回看到屍變哪。抬頭看看天空懸著的大太陽，我想也不至於大白天詐屍吧？

輕輕把大嬸推到一旁，原來她身下壓著個小孩，一身血，蒼白的臉孔，表情緊繃的看著我，抿緊了脣。

看起來葬禮要晚點舉行了……找到一名生還者。

烏黑的眉，丹鳳眼，鼻梁挺直。七、八歲吧，我猜。若別人看應該會說可愛，但我面對一個美麗的媽媽看了一輩子，美感有點麻木……反正看起來不討厭。

但他好像不能動，目光卻非常凌厲，一點都不像受過驚嚇的樣子。我摸索著想查看他傷在哪，他眼中的厲光更盛。

這麼點大的孩子，就會使眼刀，真不可取。

「你叫啥？」我問。

他瞪了我一眼，沒說話。我想拉他起來，發現他不能動。我心底開始煩惱了，是不是砍到脊椎還是撞到頭，癱瘓了吧？

不理他沒用的眼刀，我脫掉他的衣服查看傷口，發現後背中了一刀，但血已凝固，大概是大嬸用身體護住了他？但他的身體很冷，甚至僵硬。若不是有微弱的呼吸心跳，我真以為出殭尸了。

想了想，我用力把他抱起，沉得要命。他怒氣更盛的瞪我，我覺得應該把他扔到柴堆裡一起點火。

但我畢竟不是我那狼心狗肺的禽獸爸爸。再說，有個活人總是比較踏實點，雖然是個這麼不可愛的死小鬼。

踉踉蹌蹌的，我把他抱去溫泉小湯屋，乾脆的把他剝個精光。他氣得眼睛都要冒火，真是不識好人心的死小鬼。

「我是要救你，白癡。」我沒好氣的抱著他小心的走入浴池裡，「你快凍僵了，先想辦法讓你暖起來。還瞪我？沒把你扔去燒掉是我佛心懂不懂？笨蛋。」

我幫他好好的擦洗了一遍，他全身繃得死緊，我覺得很累。這一整天，發生太多事情，我身心都很疲勞了，沒心情替這個氣勢驚人的死小鬼做心理輔導。我順便替自己馬馬虎虎的洗了個澡，完全不在意他就在一旁癱著。

那天我沒舉行葬禮，拖到第二天早上才收拾點火。

當天我把小鬼抱到床上以後，再也爬不起來，一頭栽倒睡死，連被子都沒力氣蓋。直到第二天中午，那小鬼才對我說了第一個字，「水。」

我給他喝了水，餵他吃了顆雞蛋。但也不再理他，更不會跟他說話。

因為那小鬼是男的。

現在我看到男人就想痛打一頓，若不是他年紀小，早讓我扔出去了。救他是因為方圓十里內就他一個活人，上天有好生之德，可不代表我要搭理一個未來的禽獸。

而且眼下有太多的事情要做。

我得先清點糧食，想辦法活下去，弄明白現在的處境，和我到底在哪裡。

到了傍晚，我看到他扶著牆走了出去，一點想去扶他的願望都沒有。他走回來時，和我對視了一眼。目光很冷，我想我溫度也高不到哪去。

不過終於摸索著煮出鹹稀飯時，我給他盛了一碗去，附帶溫泉蛋一枚。

別想我會對他更好了，維持著不讓他餓死就已經是我良心太多的表現。

但我很快就後悔我那過度飽滿的良心了。

* * *

這小鬼居然昏倒了，還磕破了頭。

我知道他偷偷摸摸扶牆出去是要做啥的，人有三急嘛。但我不知道他連站都會打晃，走路更是如在雲端。死不吭聲的結果，就是走回來一跤栽倒，不知道有沒有砸出腦震盪。

死倔個屁啊！

我忿忿的把他扛回去，忍氣開始當老媽子。他醒來一臉驚訝，愣愣的瞪著我。我這時候才覺得有點不對，這小鬼的眼神實在太成熟了點。

但我自己的事情都煩不完了，很快就把這點疑慮扔到一旁去。專心一意的從事我的保姆大業。

「妳叫什麼？」他開口了。

「鸞歌。」我悶悶的回答。

「我叫無窮。」他閉上眼睛。

我奇怪的看他一眼，不知道他為什麼突然態度軟化。當然還是很討厭，我扶他去上茅房他還一臉不願意，替他洗澡還會發怒。

真那麼行就不要在浴池裡溺水啊！混帳！

他氣得直抖，「……妳最少也給我留件褻褲！」

我一掌巴在他腦袋上，「你見過有人穿著衣服洗澡？得了，那麼點小玩意兒還怕人看？請我看還不要呢！」我把布巾扔給他，「那兒自己洗！」

是我找不到長柄刷，不然就當大體洗算了！

他氣得臉孔通紅，又扔了幾百把眼刀過來，我覺得他非常的不知感恩。男人都是忘恩負義之徒，連這麼小的男人都不例外。

等他好了，我一定遠遠的送走！

幫他穿好衣服，背他回去的時候，他的氣又突然消了。幫他擦乾梳頭時，又非常溫馴。「……妳為什麼照顧我？妳有什麼目的？」

我直接拿扁木梳敲他的頭。

「因為我是個有飽滿良心的倒楣鬼。」我惡狠狠的說，沒好氣的梳他那頭幾乎委地的長髮，「你有沒有……其他家人？」

「等我能動了，妳送我回去吧。」他淡淡的說，真不像小孩子的口氣。

雖然我很想把他扔著自生自滅，可惜我那該死的良心不放過我。所以我跟這小鬼同床睡、同桌吃，實在怕他半夜去個茅房掉到裡頭去，或者乾脆昏倒在我不知道的地方讓狼叼走了。

他話真是少得可憐，所謂惜言如金。不過他告訴我，現在是大明朝，在位的是安康帝。但他說的歷史讓我有點茫然，明朝哪來的安康帝……不過明朝居然沒有永樂帝欸！那明成祖去哪了？

至於這個廢棄宮殿，聽說是溫泉行宮，半荒廢已久。聽說是拿來拘禁一個廢太子的，但怎麼會死那麼多人……他也不太清楚。我想他年紀這麼小，知道這樣就不容易了，我就沒追問。

將養了半個月，他才不用扶牆走，但還是很虛弱。一個月後，他才算是徹底康復。他在廚房忙了半天，用豆麵和蜂蜜以及一些亂七八糟的藥材，做了十來個奇怪的乾糧，挽著我的手，面無表情的說，「走吧。」

「去哪？」我糊塗了。

「妳不是要送我回家嗎？」

我是不太願意，但能甩掉這個不可愛的死小鬼還是滿不錯的。順便還可以離開這個荒山……雖然前途茫茫，總比一直面對板著臉的死小鬼好多了。

外面的人最少有笑容。

「我去收拾一點金銀。」拿點值錢的東西，總是要吃飯的不是？

「不用。」他拽緊我，「我家多的是。」他終於笑了，只是有些冰冷，「我會好好謝妳。」

我覺得很不安，隱隱有種大禍臨頭的感覺。但他畢竟還是個七、八歲的小孩，能翻什麼花樣？再說，總不能讓他一個人回去吧？這可是深山。

我點了點頭。卻沒想到這一點頭，我跟這小鬼居然在深山裡鑽了三天，提心弔膽的野營。雖然沒遇到什麼毒禽猛獸，但等鑽出來，我們兩個已經狼狽的像是兩個小叫化子。

氣悶的發現，根本沒看到什麼村鎮。這是一個深山的瀑布，不知道為啥有個石板橋橫過深潭。他說走過石板橋轉個彎就到了，我居然傻傻的相信。

而且呢，我也不承認，轉彎是這樣轉的……他把我從石板橋上推下去了。

尖叫著摔下去時，我忿忿的想。所謂事不過三，我老爸推我下樓一次，那個奇怪女人推我到這鬼世界一次，這死小鬼居然又把我推下瀑布！

什麼世道啊?!為什麼我要這麼倒楣?!

「混帳啊！」我才剛罵出口，發現我兩腳穩穩的站在乾燥的地面。我還在發愣，無窮跳了進來，露出安心的笑。

「鸞歌，我們安全了。」他長長的鬆了口氣，「幸好早有佈置……」

「佈置什麼？」我問。

他但笑不語，拉著我到處看，我真是目不暇給。沒想到這裡頭別有洞天，石桌石椅石床，花草樹木，像是個溫室花園。從這頭看，瀑布像是個天然的巨大落地玻璃窗，採光絕佳，水珠跳躍，時有虹彩，卻一點濕氣也沒有。

我想到花果山水濂洞。

「餓了看要吃果子還是吃這個。」他遞了一個葫蘆給我，「這丹藥是頂飢的。」

「……無窮，你到底是誰啊？」我已經完全找不到北了。

他睇了我一眼，抿脣而笑，「晚點我就讓妳知道。」轉身走入一個竹屋，關上門。

我就知道不該相信男人，就算這麼小的男人也一樣。他的「晚點」，讓我足足等了十天。

這個福地洞天的確很棒，水果很好吃，丹藥也頂飢，甚至還有個不輸溫泉湯屋的溫水浴池。不但可以舒服的洗澡，還可以舒服的洗衣服。

但這不是重點。重點是，我根本不知道怎麼離開這個福地洞天，也進不去竹屋。我氣得想拆門，但一掄板磚……我就倒飛出去，立刻昏迷。

等無窮終於出來的時候，我後腦勺的腫包還沒消。

本來是咬牙切齒的，等看到他我呆了幾秒。他在這短短十天內長大了。不但比我高一個頭，看起來像是個十五、六歲的少年了。

他泰然自若的從虛空中抓出衣服，就在我面前更衣，安然的盤坐在我前面的蒲團上，「雖然只到築基，但要制住妳，已經夠了。」

……嘎?!

我瞪著他，根本找不到自己的聲音。

「鸞歌，妳並沒有修煉。」他微微皺眉，「但妳這樣的散魂，怎麼有能力奪舍呢？妳背後到底是誰？有什麼目的？」

我開始覺得暈眩。

為什麼我娘的不靠譜，讓我踩進了奇幻人間……

或許是一切都太奇幻又太不可思議，也可能是他的眼睛亮得出奇，我看得有點恍惚。總之，我老老實實的招供了，鉅細靡遺。

我以為他會說我胡說八道，斥責我說謊什麼的……結果無窮只是撫了撫下巴，「這樣啊……軒轅是吧？掌管規矩宇宙的神人。」他凝重的搖頭，「監守自盜，不可能會沒事的。」

我聽得一整個莫名其妙，「啊？你相信我？」

「當然。」他泰然的說，「丹藥包著的真心蠱沒咬破妳的肚腸出來，可見是實話了。」

那個丹藥……我掐住自己的脖子，突然覺得嗓眼舔舔的，非常噁心。

「既然妳說了實話，那當然蠱就消化掉了，大補呢。」他敷衍的安慰了一下。

「……你到底是什麼人啊？」我尖叫起來。

「我？無窮啊。」他淡然的笑，「一個修道者。」

他發現我對修道一無所知，非常開心的替我上了一堂「修仙史」。我聽得滿眼金星，腦門嗡嗡作響。

總之，修道分成幾個階段：築基、旋照、開光、融合、心動、靈寂、元嬰、出竅、分神、合體、渡劫、大乘。他說了一大堆，我聽懂得就是，築基算是跨入修仙的殿堂，算初心者，直到元嬰期才算是修仙入門。合體期就是高手級了，只差渡劫就可跨入成仙的初步，大乘是最後階段，等飛升成仙了。

當然修道的千千萬萬，但修到元嬰的就已經不多，到合體的更是稀少。而能渡劫成仙的更是鱗角鳳毛。這些高手高手高高手，想修到元嬰沒有一兩百年不可能，修到合體的更是以千年計算。

「在我之前的曠世奇才，最快紀錄是千年修到合體期。」無窮淡淡的說。

「……你呢？」

他笑了笑，宛如春風和煦，卻又隱藏一絲沁骨的寒意。「我花了兩百五十年，合體後期。」

我目瞪口呆的看著他，不知道他是不是唬我。更不知道該對他如此高齡驚訝，還是應該為他那麼高手驚訝。

他嘆了口氣，「但奪舍後就得一切重來了。這個身體的素質不太好，花了我無數靈丹才跨入築基後期……還花了十天。」言下之意，非常不滿。

看看幾天就長大的他，和這個詭異的福地洞天。照他說呢，他是個超級曠世奇才，兩百五十年就修到合體期。但這個曠世奇才卻被打滅了肉體，得靠奪舍（借屍還魂）才能繼續活下去。

……能打滅高手高手高高手的肉體，會是怎樣的仇家？

我霍然站起來，「很高興認識你，無窮先生。施恩不望報，你也不用把我丁點恩惠放在心裡。我想孤男寡女同居一室不太恰當，請你告訴我大門怎麼走就行了，後會有期……」

他很慢很慢的笑了，「我把我的祕密告訴妳，妳覺得走得了嗎？我說過會好好回報妳的。」慢條斯理的，他說，「坐下。」

我磅的一聲，屁股非常痛的砸在蒲團上，再也站不起來。

無窮滿面笑容，從來沒見過他這麼開心，「雖然只有築基期，但禁錮妳這樣一個凡人還挺簡單的。」

「你這忘恩負義的小人！」我破口大罵了。

「怎麼能這麼說呢？」他點點下巴，「我是想報恩啊……所以要教妳修仙嘛。可以長生不老，青春永駐喔。」

「謝謝！不必！」我氣急敗壞的試圖指揮我的腿，可惜徒勞無功，「我很滿意當個人，不想自找當妖怪！」

「真的嗎？」他狀似遺憾的搖搖頭，「我一片赤誠的拳拳之心，怎麼讓妳誤會到當妖怪去了？妳……吃了十顆丹藥對吧？那十顆丹藥並不是只有包真心蠱而已喔……我可是用了很多珍貴的藥材。如果不修煉……旺盛的真氣會撐破經脈欸。」

冷汗悄悄的滑了下來，我只覺得所有的血都褪出腦袋，有點發暈，顫著聲音問，「……會怎樣？」

「不會怎麼樣啊，」他很愉悅的回答，「死得有點慘而已。」

曾經，有一個無路用的良心擺在我的胸腔，我卻沒有扼殺，等萬劫不復時我才後悔莫及，人世間最痛苦的事莫過於此。

如果上天願意給我重來一次的機會。我會對那個該死的良心說五個字：滾你媽的蛋。

我正陷入如此忘恩負義的痛悔中時，無窮非常雪上加霜的說，「妳還有三個時辰可以考慮。這年頭，怎麼想報個恩都這麼難？」

「報個屁啦！」我破罐子破摔了，「你才不想報恩！你是報仇！」

「有部分是啦。」他很大方的承認，「但我覺得妳服侍人還挺細心的，將來還可以當爐鼎。說起來一物多用途，滿不錯的。」

「什麼是爐鼎？」我突然覺得不太妙。

「喔，稱呼而已，不重要。修道者的侍女都稱爐鼎……」他別開眼睛，「逝者如斯矣，不舍晝夜。妳的丹田……臍下三寸處，開始有點痛了，對嗎？」

他不說還好，一說我還真的隱隱作痛。我為什麼要被良心束縛，救這個黑心奪舍修道人啊?!

「當我爐鼎有什麼不好？」他不滿的皺皺鼻子，「多少人想要都要不到呢。不然這樣吧，妳修到元嬰期就任妳去留，如何？」

……最少是無期徒刑改判有期徒刑。我的肚子真的越來越痛了。

「而且我是個高風亮節的君子，絕對不會對妳怎麼樣的。」他很道貌岸然的說。

我非常懷疑。但我已經痛得滿身是汗，卻又站不起來。

修道是吧？修就修怕你啊?!要我修我就認真修，而且要爭取修到很厲害，總有天可以把這王八蛋打得滿地找牙。

磨了磨牙，我抱著肚子說，「成交！但我……絕對不要拜你當師父！」

「喔，我也不要妳當我徒弟。」他笑得很燦爛，「張嘴。」

「啊？」有這樣修煉的嗎？

趁我發呆的時候，他扔了顆豔紅的丹藥到我嘴裡，不等吞就自己滾到肚子裡了。我掐住喉嚨都來不及。

「乖啊，別亂動。」他不知幾時繞到我背後，一手按著我的頭頂心，一手按在……我的丹田。

……這是非禮啊！

但我全身都僵住不能動，連根小指都無法彎曲。「事實上，你是修魔的吧？」

我從牙縫擠出字來。

「哪是，我真的是修仙的。」他愉悅的回答，「沉心靜氣啊，不然會更痛唷。」

我氣得發抖。

*　*　*

從來沒有這麼鬱悶過。

我這人不是大笑就是大哭，反正情緒發洩出來就好了，有益心靈健康。被扔到這個世界我悶過，到底摸不著頭緒。但我從來不知道鬱悶也符合這個定律：沒有最鬱悶，只有更鬱悶。

平心而論，無窮不是個難伺候的主子。相反的，他比我媽還能幹好照顧。而且在這沒有電器的時代，用符咒奴役了不少山精水怪，叫他們幹重勞動。洗衣挑水、打掃內外，而且他不怎麼吃煙火食，吃吃果子喝喝風就能活，這點我很欽佩。

但水濂洞的奇花異果雖好，不吃飯我就覺得沒吃飽。他變出一堆剛收割的稻穗，讓那些倒楣的山精水怪收拾了，給我煮著吃。

甚至還大方的把他最大的祕密展現給我看：一個精巧的玉盒，裡頭有個微縮的盆栽，好一個具體而微的稻香村，田埂歷歷分明，剛好分成六塊，極微小的稻子無風自飄，瞬間成熟。

等他說明以後，我無言了。

那個寶物叫做百年剎那。只要扔種子進去就會瞬間成熟，扔藥苗進去剎那過百年，所以培育什麼千年大靈芝，萬年高麗蔘完全是小菜一碟。他源源不斷的靈丹就是這麼來的，所以他的修為大半都是靠嗑藥嗑出來的。

……神仙版的開心農場，附帶嗑藥流的修仙流派。這是怎樣的一種詭異境界……

「你告訴我這幹嘛?!」我摀住耳朵。

「如果妳洩漏我的祕密……」他笑得很燦爛，「殺妳的時候才師出有名啊。我這人最講理了。」

這就是我鬱悶的真正原因：無窮是個可怕的變態，我嚴重懷疑他有精神分裂，還是個極聰明的瘋子。

基本上，他沒真的虐待我。修仙口訣、心法，不曾藏私，吃的喝的用的，從不缺乏。我要作的只是整理他一塵不染的臥室和丹房（我真不知道要整理什麼），鋪床疊被（其實他打坐比較多），服侍他盥洗（水都有精怪奴僕預先打好，我來幹嘛的？）。

我最大的功能只有兩個。第一，幫他梳頭。他也不綰髻，也不曾打結弄亂，但想到就讓我幫他梳頭髮，洗過頭更要幫他梳通。我不知道修仙的人有這種癖好，難道這樣可以促進修行？

第二，拿我當抱枕。這點我就更納悶了。理論上我們各有各的房間，事實上我也沒辦法像他那樣打坐當睡覺。但我常常差點被嚇出心臟病——半夜醒來發現自己扮演翠綠的大竹子，有隻修仙的熊貓手腳並用的攀抱，我想誰的心臟都受不了。

一開始我都拳打腳踢試圖擺脫抱枕的命運，但他都隨手一拍，讓我扮演真正的竹子，繼續他的夢中熊貓行……漸漸的我也就放棄掙扎了。畢竟僵硬的睡一夜常會扭到脖子，我怕造成習慣性落枕。

我想他是有點雛鳥情結，畢竟他奪舍後第一眼看到的是我。又不是天天跑來，隔三差五的，當他是個可憐的喜憨兒就算了，畢竟他除了扮熊貓也沒其他嗜好或打算。

（是說我這身板經過他精心診脈足歲剛滿十歲，能夠打算什麼啊？變態也是有極限的。）

他真正虐待的，是我可憐的心靈。

我真的一點都不想知道他的祕密，可他非說給我聽不可。我猜他境界倒退到必須躲仇家當縮頭烏龜很悶，才會追著我講祕密。我對他吼，叫他去跟那些山精水怪說，他不肯，「殺妳比較有趣。」

……我一點都不覺得有趣。

「高人不是都很含蓄嗎？」我扭著喊，試圖堵上自己的耳朵，「你也裝一下深沉，所謂祕密就是沒人知道才叫做祕密……」

「錯了，祕密就是有人知道才有危險的趣味。」他抓住我的手，「別掙扎了，還是妳希望我禁錮妳？我不知道妳有這種嗜好呢，鸞歌。」

「你說你說！我沒有那種嗜好！」我是很能屈能伸的。

「真沒辦法。」只有欺負我的時候他才會表情豐富，其他時候都是板著張死人臉，「既然妳這樣懇求我了，我就勉為其難跟妳說道說道。」

他絕對有精神分裂。

沒想到他的祕密還真的跟「分裂」有關，非常複雜。我聽了三、四次才勉強弄明白……對於修道界有種印象崩壞的感覺。

原本以為，神仙版開心農場加上嗑藥流修仙就夠詭異的了。沒想到只有更詭異，沒有最詭異。

居然還得加上《哈利波特》裡佛地魔的分靈體……還裂成四瓣。這什麼跟什麼啊……

總之，有個修仙者有了神仙版開心農場和嗑藥流，還是很有危機意識的覺得修煉太慢。

因為他是個幸運的倒楣鬼：只要跟人結伴尋寶，不管是兩人同行、三人免費，還是五人小副本，幾十人大副本，無一例外的滅團，只活他一個。他光靠撿骨就撿個缽滿盆滿，還能挑三揀四，這個不要、那個不屑的。

幸運的永遠是他，倒楣的都是他的團員。

但人在河邊走，哪能不濕鞋。不管是太多寶物惹人眼紅，還是被撿骨的家屬聲討正義，他的仇家宛如滾雪球般增生，逼得他不得不趕緊升級。

就在某次撿骨後，他發現了一卷祕笈，大喜過望。一個人嗑藥太慢，分身成四個總快了吧？於是他分出三個元神：本尊、第二元神、第三元神、第四元神。

本尊把第二元神收在身邊當式神，和他心心相印。老三和老四就封在密室裡拿靈丹當豬餵，而所有的修為都匯總到本尊這兒來，才會短短的兩百五十年內達到空前絕後的高度。

看起來一切都很完美。唯一不完美的是，為了把老二當式神使喚，本尊給了式神情感和思考能力。老二當久了偶爾也會想當老大，就在一次仇家打上門來時，老二趁危反撲了本尊，奪了身體。失去身體的本尊受了重創逃到第四元神這兒——也就是還沒有情感也沒思考能力的無窮這兒。

「你……」等我終於聽懂的時候，頭皮一陣陣發麻，「該不會……」

「噢，我吃了他。」無窮若無其事的說，「狹路相逢勇者勝。」

我咚的一聲倒在桌子上。斜眼看著他，我真不知道該說什麼。變態和精神分裂似乎不足以形容。

不知道本尊會不會死不瞑目後悔莫及……？

「說起來比丹藥好吃。」他回味的舔舔嘴脣，「就是情感和記憶比較苦些，不過也不錯，很微妙。老三就在隔壁，我也順便吃了，味道就淡得多了，只有丹藥的味道。」

我起了惡寒。「……你的大仇家……？」

「就是老二啊。」他泰然自若的說，「他擁有身體和修為，我卻擁有最完整的記憶和情感。打不過，我還不會跑嗎？畢竟元神化形還是比不上真正的身體啊。不過他不知道百年剎那在哪，我知道。」

他湧起一個非常邪惡的笑，「所以我拚著魂飛魄散的危險，偷了百年剎那，從慧極逃來這兒了。畢竟他不敢跳裂縫，我敢啊。」

他撩了撩垂在臉上的烏黑長髮，「我本來什麼都沒有，當然敢拚，我拚贏了呢。甚至他追來的時候還吃了個大大的悶虧……」

「他追來了？」我失聲叫出來。

「嗯啊，不知道躲在哪兒養傷。」他老神在在的回答，「夠他養個三、五百年了。畢竟我把所有修為都拚上去了，光腳不怕穿鞋的嘛。就是功力全失，所以才需要奪舍重來。不過我早預料到他會追來，所以準備了這個洞府。想恢復以前的水準……大約百年就夠了。嘿嘿，我來這世界三十年，也不是傻傻等死的。」

……這要算「自我的爭鬥」，還是「精神分裂的合久必分分久必合」？我覺得很暈。

「我修到元嬰期……」我開始無法遏止的發抖，「你真會放我走嗎？」

「會啊，我答應妳不是？」他非常大方的說，「不過妳跟我在一起久了，會染上我的氣息。老二找不到我，絕對找得到妳。動不了我，但動得了妳。我要說，老二不是個溫柔的人，」他展現罕有的陽光笑容，「絕對不像我這麼溫柔。如果妳不小心供出我的祕密……」

他深情款款的扶著我的臉，「我會很溫柔的殺掉妳的。」

我再一次的把臉砸在桌子上。

老媽啊……妳管邏輯的那條筋……投胎轉世後記得長出來啊！不要再禍延子孫了……

* * *

古諺有云：「近朱者赤，近墨者黑。」

雖然我娘的邏輯筋一直欠奉，但她費心讓我重生，不是為了讓我被污染成一個變態的。

即使我知道逃跑是個很爛的主意，這裡比行宮還深山許多，但就算跑回行宮自生自滅，也好過在這兒跟個變態一起，導致未來為了生存也變成變態。

我修煉的進度很慢，即使已經被塞了無數丹藥，除了讓我打嗝都是苦味，真氣的感覺一直時有時無，常常枯坐到打瞌睡。

但我學習丹藥的時候好多了。因為丹藥課不但有救人的藥方，修煉相關的丹藥，最重要的是，有許多款非常實用的毒藥和迷藥。

學了半年，我背了不少張厲害的毒藥方，但臨到要合藥就打退堂鼓。我不知道連下藥都是個技術活，需要非常強烈的動機和心理建設。

可無窮總是可以給人強烈的動機。

事情是這樣的，因為我修煉的進度很緩慢，老抓不太到真氣流動的感覺。無窮很「好心」的想手把手帶我體驗如何行小周天。基於抗議無效，掙扎更慘的原則，我依舊當他是個喜憨兒，讓他一手按著頭頂心，另一手按在我的丹田上，沉心靜氣，心無雜念的隨著他強悍的真氣行功。

但我差點走火入魔。因為無窮按著我的丹田的手指，非常曖昧的畫圈圈。

一時又羞又憤，我噴血了。

有他護著我是沒真的出什麼事，吃了兩顆丹藥也就好了，就是有點虛而已。

但是他說，「做啥這麼敏感？當初妳還幫我洗過澡，我還不能反抗。」

當天我就把複雜又惡毒的「十里楊花」合好了。據說中毒死掉後，屍體會變成一片片的花瓣，省去收拾的麻煩。正義憤填膺的打算找機會扔到他腦袋上……

一入門，無窮正在打坐，臉孔有點蒼白。雖說已經到了開光期，但在元嬰期之前的修煉都很緩慢，底子也薄。我差點走火入魔的時候，他耗了大半的真氣來救我，到現在還沒歇過來。此時，他又毫無防備的，在柳樹下席地而坐，睫毛在蒼白的臉孔落下淡淡的陰影。

這是個好機會。但我站了一會兒，悶悶的回去把裝著十里楊花的瓶子刻上名字，擺進丹房的毒藥部。

原來下毒也是個技術活。

抱著腦袋，我又重作了一次，這次毒性減了，改成嚴重麻痺癱瘓的效果。藥效可以維持個三天吧我想。又略做了些佈置，雖然我符籙學得比三腳貓還三腳貓，但要啟動靜室前的防護陣，還是行的。

一切準備完畢，抖著手，我將無色無味宛如香粉的改良版十里楊花，撒在入定的無窮身上，轉過身，閉上眼睛不忍心看他中毒倒地。

等了好一會兒，卻沒聽到那聲「咚」。我疑惑的張開眼睛，想轉頭看看……我是聽到那聲「咚」了，不過是我倒地。

腹內如絞，口內五味其出，心若擂鼓。嗯，這是正宗十里楊花的初期徵兆。我被翻過來，迎上無窮笑嘻嘻的臉孔。

「妳少了三味藥。這才是正確的十里楊花。」他蹲著看我。

「……紅鉛、菟丘、玦草。」我翻了翻白眼，「我知道。」

然後我就因為劇痛和癱瘓效果昏倒了。果然聞道有先後，術業有專攻。我真不是幹殺手的料……但無窮絕對是。

等我醒過來，第一個感覺居然是牙齒有些酸軟。我猜我昏過去時非常的咬牙切齒。無窮抱著我，眼神沒有焦距，看起來更像喜憨兒。

我一定昏了段時間，因為我覺得腰痠背痛，維持相同的姿勢太久。我一動，無窮的焦距回來了，「我以為妳會下三倍藥，沒想到是減三味。」

「……下毒是個技術含量很高的專業技能。」我奄奄一息的回答。

「我還以為妳很討厭我。」他粲然一笑。

我翻了翻白眼，是很討厭。但我沒說出去，只是把眼睛閉起來。毒大概解了，但我很虛，而且腿軟。

第一回合，我慘敗告終。

大約是基於貓抓老鼠的心理，無窮教了我更多、更速效的毒藥，還教我如何開啟傳送陣到外面去。

但我沒再對他下毒……我那可恨的良心過不去。我開始鑽研迷藥和麻藥，下毒的方式也漸趨成熟，花樣百出……但一點效果都沒有。

無窮是個錙銖必較的人，所以反擊都非常犀利而難以預期。他總是在我終於放鬆防備的時候反擊，所以我可能因為麻藥或迷藥倒在水濂洞的任何地方。

自從我面朝下的昏倒在一海碗的粥裡頭，差點因為一碗粥造成命案……此後我患了海碗恐懼症，再也沒用海碗裝過粥或湯，也打滅了跟他拚毒藥的念頭。

跟一個活了兩百五十歲的老妖怪分身拚這個，智者不取。

認識無窮的倒楣生涯過了一年。我終於抓到運轉真氣的感覺，能夠自己結結巴巴、磕磕撞撞的行完一次小周天。

一旦會了以後，感覺還滿妙的。我終於知道為什麼許多修道者這麼樂此不疲的進行看似非常枯燥的修煉活動。

我國中的時候非常迷戀晨跑。一開始是因為田徑隊教練的要求，後來雖然退出了，我還是維持跑步的習慣。剛開始熱身跑的時候的確很難受，但一度過那個難受的階段，整個世界就澄澈了。

什麼都不用想，專心一致的追逐著風，心跳、呼吸、腳步，如此和諧。我就是世界的一部分……我，就是世界。

一種飛揚、生命的感覺。我在閱讀得非常沉迷時，才跟這種感覺相彷彿。

修煉有些類似，但更濃郁放大許多倍。心底安詳，一切美好，如此富足，再無所缺。

但就像我不能整天跑步，修煉也有極限。當從那種和諧的狀態回到現實生活中，就會覺得現實非常粗礪、硌著人。巨大的反差很容易讓人失落、煩惱叢生。

我想啊，許多宗教都講究清淨無為，拋棄物欲，說不定是因為要消弭這種巨大反差。個性淡泊的人比較容易忍受這種反差，修煉起來事倍功半。凡心未去，很容易感覺寂寞、空虛。

難怪心法第一條就是要沉穩道心。

自從我體驗了修煉的滋味後，我對無窮就比較有耐性了些。這傢伙沒有半點道心，又百無聊賴的困在這個山洞裡苦修。不尋我開心，他去尋誰？畢竟他是個腦袋有洞的喜憨兒。

雖然我也搞不太懂他是邪惡還是純真，說不定是純真得很邪惡。不過這種日子過慣了，我也漸漸生懶，人都是有惰性的，他也不是那麼難以忍受的老闆。

五年後，我終於修到築基期。而停滯在靈寂後期很久的無窮，靠著三大罈靈藥和長達兩個月的閉關，終於衝進元嬰期了。

他開心的抱著我拚命轉圈，拋上拋下。我免費體驗了大怒神加太空飛鼠的雙重享受，差點就吐了。

＊　＊　＊

就在他剛升級到元嬰期的第二天早上，我們吃早餐慶祝。

他早就已經辟穀了，理論上我也應該是。但我還是習慣吃三餐——雖然只吃個幾口象徵一下。

所以他面前擱著一大盆花花綠綠的水果沙拉，我面前是一小碗粥和幾個花生米。這個古怪的習慣無窮卻沒跟我找過碴，讓我一直覺得很奇怪。不過給他啥他都會吃，說起來是很好養的。

他一面吃著櫻桃，一面非常愉快的宣布，「到了元嬰期，就有基本自保能力了。但一味苦修進步極緩，還是得外出歷練才是。而且也該去蒐羅些天材地寶，製丹或製器都要用到的。」

我點點頭，「我知道。你能御劍飛行了吧？昨天我瞧見你練了一個下午的飛劍。」

「妳瞧見了？」他很訝異，「我特別把飛劍練成透明的，妳怎麼瞧得見？」

我沒好氣，「你總不會沒事練吐口水吧？」

他很感動，「鸞歌，沒想到妳這麼注意我。」

我雞皮疙瘩都冒出來了。我當然要注意一點，誰知道他會玩啥花樣整我。但他這語氣真令人痛苦。

火速轉移話題，「出門在外，總要多小心點。睡覺前記得刷牙，別挑食啊。」我隨意把我媽的那套嘮叨搬出來。

喝完碗底的粥，我抬頭，無窮沒跟我齜牙兒，說些有的沒的氣我。反而用一種很奇怪的眼光看著我，像是我欺負了他，眼底還有點霧氣。

無窮自從那十天長到十五、六歲，以後相貌就沒多長了。我說過我有點美感痲痺，不過我得承認他的確相貌堂堂，有股奇特的貴氣。他有些像電影陰陽師晴明那種俊美男子，帶點頹廢佳公子味道（尤其是氣我的時候），但更囂張更凝重些。我不在他跟前時，就板著一張死人臉，嚇得精怪奴僕連大氣都不敢出。

還真沒見過他這副怪樣。

我說什麼了？至於把這個囂張的喜憨兒氣哭嗎？

「……他還沒聽過這樣的好話兒。」眨了眨眼睛，無窮低聲的說。

跟他相處這五年，我漸漸有種隱約的疑惑。他的自我認知似乎很奇怪。雖然吃掉了本尊，繼承了所有的記憶和情感，但他很彆扭的沒有成為本尊。雖然很少，提到過去時都會說「他」，而不是「我」。

我有些訕訕，「這算什麼好話兒？而且你該說，『我還沒聽過這樣的好話兒』才對。」

「他是他，我是我。」他臉一板，「我是無窮，可不是陸修寒。」

「你本來叫陸修寒啊。」我感嘆。

「他叫陸修寒，不是我！」他惱怒了。

我舉雙手投降，彆扭個什麼勁兒。「是是，無窮先生。你要打包行李麼？幾時走呢？」美好的自由就在眼前，我不禁開心起來。

他外出修煉，我剛好在家過段自由又清靜的日子。想想看，可以合理合法擺脫這魔頭，多美好啊！

「要。」他不知道為啥開心起來，「記得幫我把牙刷和青鹽收進行李裡。」

……敢情還要我幫他收行李？為了未來的幸福清靜生活，我任勞任怨的幫他收拾雜物，他自己去擺弄自己的瓶瓶罐罐。

其實修仙也沒什麼不好，有許多稀奇的法寶，比二十一世紀的科技還超前，嘆為觀止。那個神仙版開心農場就不提了，我最欣賞的是種儲物系列。有時候是手環，有時候是戒指、袋子。

那簡直是小叮噹四度空間袋啊。當然容量大小就不一定了。有的極大，可媲美四行倉庫，有的比較小，也有房間般的容量。我跟他外出採藥都是用小的儲物袋，對這我有點不滿，我還是覺得拿藥籃才夠神仙，卻被他很無情的否決，還嘲笑我沒見過世面，連儲物袋的珍貴都不知道。

他大言不慚的說，他剛來大明的時候，有群不知死活的修道人找他碴，覬覦他的飛劍，偷雞不著蝕把米，讓他青天白日的徹底搶劫，法寶飛劍都讓他搶個精光，連儲物系列都沒放過，只留一身衣服。

……真是蝕了好大一把米。

我一面感嘆，一面幫他收拾衣物和雜物。他也給了我一個儲物戒指，但我用得不太準，常常要拿符咒拿到硃砂，想拿衣服拿到褲子，總要拿半天才拿到我要的，我都懷疑他給我一個劣質品，因為我用儲物袋都不會拿錯藥材。

但他是個小氣鬼，死都不換個給我。他明明戴著相同的儲物戒指，只是他是金的我是銀的。

「這個是壞掉的，不能用。」他護的很緊也很堅持。

「壞掉你還戴幹嘛？」擺明是唬我嘛。

他含糊了幾句，「好歹是法寶。不能儲物還有其他功能。」

我好奇了，「那我這個也是？什麼功能？教我教我！」

他安靜了會兒，「……妳啊，才到築基期的三腳貓，還想驅動法寶？妳符寶用得穩不削掉自己腦袋就是上上大吉了，還法寶。等妳到了元嬰期就教妳。」

我的臉立刻發綠了。

所謂符寶，算是把法寶的功能轉錄部分到符咒上，口訣對應就能發揮功能。無窮幫我做了兩個符寶，一個是防身用的金鐘罩，一個是飛劍影。金鐘罩我學得很快，也沒問題。後來我才知道是因為金鐘罩沒有危險性。

我頭回驅使飛劍影差點就把自己給梟首示眾。那時還是靈寂期的無窮硬把飛劍影抓下來，還炸得右手皮焦肉爛，可見白骨。

雖然我很煩他，但我絕對不想對他下毒手。

我嚇得直哭，一面幫他上藥一面說對不起。他沒吭聲，嘆了口氣，「保護爐鼎是主人的責任。妳若真的死了，誰讓我耍著玩呢？」

我的內疚馬上去了一半。

「再說，天底下只有我可以殺妳，妳連自殺都不成的。」他含情脈脈的說。

我的內疚徹底蒸發個精光。

不過磨完牙齒我就不再玩那個危險的符寶了。反正鑽在這水濂洞裡也沒什麼鬥法寶的機會，頂多用拳腳跟無窮對打。

他興沖沖的進來，「都整理好了？」

我把儲物袋交給他，「都好了。等等你用神識掃描一下，看有沒有漏了啥。」

他拿過去默看了會兒，「鸞歌待我真仔細。」

今天他怎麼怪怪的，我有點毛。

「走了。」他轉身。

「等等。」我出言喚住他，「指揮精怪的本命咒，你還沒有給我。」

他回頭看我，「我不帶他們上路啊。」

「你要放掉？」也對啦，都奴役這麼久了，「能不能留一、兩個？這麼大的水濂洞我一個人打掃起來很累。」

看了我一會兒，他笑容漸漸擴大，越來越陰險，「我都要放掉。帶他們做什麼？帶妳就夠了。」

花了幾秒我才明白他的意思，臉孔的血液逃個精光。「……你帶我做什麼？我又不會飛！」

「我告訴過妳，我要飛著去遊歷嗎？」他語氣閒適的說，「我給妳半個時辰，快去收拾妳的東西。」他的笑容越來越陰森可怕。

「……我不去！」為了我即將失去的安寧與幸福，決定力抗暴政到底。

「妳喜歡禁錮著讓我拖著跑，還是喜歡我捆著妳拖著跑？」他冷笑一聲，「妳是有選擇的。」

……好漢不吃眼前虧，我馬上奔回房間收拾行李。

離開水濂洞的時候，我是哭著走的。但我若知道接下來的旅程會怎樣，我可能乾脆效法孟姜女，直接哭倒水濂洞，把那個萬惡的魔魁埋起來算了。

遠途漫漫兮而路迢迢。

我看著這蠻荒山林心都涼了。我能忍耐五年沒逃跑，這個生機蓬勃的深山野林當居首功。

「……你帶一個不會飛的人只是嚴重的拖累。」我還在做最後的掙扎。

無窮毫不在意，笑得非常邪惡，「除了飛，還有很多辦法帶著妳走。」

我還沒琢磨透他的意思，他已經在我小腿上貼了兩道符，一面解釋，「這叫甲馬，奇門遁甲中的一種。」

「但你沒有教過我。」我狐疑的看他。

「那當然。妳想我會教妳這麼方便的逃跑工具嗎？」他笑得一臉燦爛……而且更邪惡。然後他豎手掐訣。

我的腰用力的往後彎了一下，腿完全不聽指揮的，自顧自的飛快跑起來。照那種臉會痛的程度，我估計時速不低於一百公里。

我非常丟臉的發出淒慘的尖叫，無窮意態悠閒跟在我旁邊，「呼吸，呼吸。記得呼吸啊。連呼吸都要忘了，還記得怎麼行氣嗎？讓真氣在腳掌運行，略浮高些……不然妳的鞋就毀了。」

「停下來！讓我停下來！」我拚命慘叫，「什麼鞋？我的鞋早就掉了～」

你知道在時速一百的情形下急煞車會怎樣嗎？我知道。若不是我練到築基期了，有真氣護體，我大概跌成一灘肉泥了。

即使有真氣加上金鐘罩，我還是摔了好幾個跟斗，跌了個七葷八素，好一會兒才能爬起來，抱著腿哭。

我功力實在太薄弱，雖然沒有什麼大傷口，光腳也只有點擦傷。但我養得很嬌氣，割破手指頭都哭個不停，何況擦傷了五、六塊。

一回頭，根本沒看到無窮的身影，真把我活活氣死。居然就把我扔在深林裡，自己不知道跑哪去了。

越想越生氣，我乾脆放聲大哭。

「誰讓妳不想跟我走呢？」無窮板著臉蹲在我面前。「活該。」

怒極攻心，我揚起拳頭海K了他一頓。打到我累了，他居然沒還手。氣出完了才覺得恐懼，這傢伙該不會在想更惡毒的方法反擊吧？

他睜眼看我，「夠了？」嘆著氣，用衣袖把我的腳擦乾淨，穿上鞋子。

……原來他剛剛去撿鞋。

「鞋子裡有石頭。」我板臉。

他乖乖把鞋脫下來倒乾淨又幫我穿上。

無事獻慇懃，非奸即盜。

看著他雪白的衣袖滿是泥巴，我心底一沉，「衣服誰洗？」

「妳。」他說得非常理直氣壯。

……我就知道。破罐子破摔，我發了一場有史以來最大的脾氣，對他罵了半天，出足了五年來的怨氣。非常蠻橫的說，我絕對不要再走了……就地野營！

讓人毛骨悚然的是，無窮居然沒有抗議、嘲笑、威脅。他默默的聽我罵，默默的看我從戒指裡掏了半天拉出棉被把自己裹成蠶寶寶，既沒有禁錮我，也沒捆著拖走。

說真話，還滿可怕的。但跑了半天，我真的累了，大哭一場又揍了無窮一頓。大概體力消耗過甚，我幾乎是躺平就睡死了。

睡著沒一會兒，模模糊糊的，覺得有人抓我的腳。掙了一下……我就知道無窮不會放過我。但在我睏得要死的時候報復實在太沒有人性了。

結果沒掙掉，他反而脫了我的鞋子，一股清涼的真氣盤旋在擦傷的地方，漸漸不痛了。無窮在搞啥？治好腳ㄚ然後搔我癢？

等我覺得完全不痛的時候，他把被子拉下些，蓋住我的腳。

我睏得睜不開眼睛，心底迷迷糊糊的。無窮很反常，非常反常。物反即妖……難道剛剛他去撿鞋時撞到頭？

然後我浮高了些，枕在溫熱的東西上……好一會兒才意識到是無窮的腿。我使勁睜開眼睛，疑惑的看著這個魔頭。

他卻伸手遮住我的眼睛，「要睡快睡，不然我就禁錮妳拖著趕路去。」

是我想太多了。我翻身側躺，懶得去猜測他的反常。反正他願意當枕頭，不當白不當。等我快睡著時，聽到一聲嘆息。

不過我想我在作夢。無窮那魔頭哪會嘆得這麼憂鬱。

第二天，無窮背我下山。

我僵硬的把手搭在他肩膀上，心裡轉過一千種不祥的下場。他沒紮甲馬卻跑得還快，元嬰期就是元嬰期，比我這種較凡人略好一絲絲的菜鳥強多了。

但這不是重點。

「……你……你到底是對我下了十里楊花還是醉生夢死，或者是輪迴不盡……還是你打算用捆仙繩？抑或是你想把我禁錮在某座山的山底？」我忍不住問了。

他沒回答，呼吸卻漸漸粗重。「妳很想全體試驗一遍看看是吧？」他輕笑兩聲，「鸞歌，我不知道妳有這種興趣呢。」

「不不不，當然沒有！」我趕緊擺手。

毫無預兆的，他猛然加速，我差點就栽下來，趕緊撲抱住他的脖子。但他像是存心的，一下子猛煞車，一下子突然加速，我覺得我的肋骨和頰骨可能都撞出裂痕了。

……原來如此。他嫌下毒和禁錮都太沒創意了，所以搞這招。

的確非常有效，我下地的時候吐了。頭回知道被人背也可以嚴重暈車外帶瘀青效果。

「……你氣消了沒有？」我吐得奄奄一息，蹲在路邊問。

「沒有。」他的聲音繃得很緊，卻按在我的頭頂輸入一股真氣，那種強烈暈車的昏眩就漸漸消失了。「不過算了。」

算了？我狐疑的用袖子擦擦嘴，跟在已經往前走的無窮背後，徹底摸不著頭緒，而且充滿戒備。

但讓我更糊塗的是，無窮真的就這樣算了。

我猜是下山以後繁華紅塵分掉他的注意力了，所以不再一門心思找我的碴。頂多很幼稚的伸腿想絆倒我——呼吸間伸了三次腿——但讓他整那麼久，早就可以面不改色的見招拆招了，一點問題都沒有。

我所有的武藝都是這樣來的，想想就悲哀。偶遇強徒，無窮束手把我推出去，我才知道我也算高手了。慢得跟蝸牛一樣也好意思出來打劫……什麼世道。

讓我瞠目結舌的是，我負責打趴人，無窮很俐落的上前收割……講白了，就是理直氣壯的打劫強盜，只留一身衣服。金銀不用提，連刀劍暗器蒙汗藥都收歸己有，動作之嫻熟流暢，可見是撿骨高手。

不然就是讓我辛苦的洗好大堆衣服，他才表演振衣滌塵——用真氣彈開所有灰塵和油垢，大約屬於離子高速震盪之類的乾洗效果（？），這就是為什麼修仙者不洗澡不洗衣服永遠可以保持潔淨的緣故。

但他到我辛苦的洗了一整個月的衣服才告訴我這個血淋淋的事實。

雖然我盡力控制住所有表情，但還是忍不住抽搐了幾下臉孔。他笑得可開心了。

不過這些微小的麻煩跟他以前華麗麗的大手筆報復，真是天差地遠。我們這樣串城過鎮，像是旅行不像是來歷練的。而無窮非常興奮，跟他那兩百五十年的修煉歲月真是毫不符合。

我以為活這麼久也該見過許多世面。

「是他見過，不是我。」他回答的很乾脆，「我從慧極到啟濛以後，三十年間都忙著收集天材地寶，開洞府煉丹。最熟的只有皇宮和洞府。」

「……你去皇宮幹嘛？」我囧掉了。

「看書。」他泰然的回答，「花個一年學習破譯，很快就懂了。畢竟啟濛是修真界的源頭，文字是一脈相承的。乍來初到，想要用最快的時間融入，還是到藏書最富最廣的帝王家。也沒花多少時間，百道神識一覽而過，很快。破譯學習的時間反而比較多。」

雖然聽得半懂半不懂，我還是很驚嘆，「果然知識就是力量呀。」

他大概沒聽過這句話，居然出現讚賞之色，「說得好。果然愚者千慮，必有一得。」

……狗嘴吐不出象牙來。

無窮領著我，一直都在城鎮裡混，最常去的都是銀樓首飾鋪、古玩，甚至還有當鋪。他有個奇異的羅盤，據說是個淘寶用的小法寶，只有巴掌大。靠這小玩意兒，我們在很多怪異的地方淘出仙石、靈玉，和一大堆亂七八糟的材料。

他總是神情平靜的掏出大把金銀，像是花都花不完似的。據他說，天材地寶難得，這種無用的金銀常伴生在珍貴仙石礦左右，順手採來，於他跟砂石一樣。用無甚用的金銀換這些天材地寶……即使是極次品，也是划算的。最少不用冒生命危險。

當初他躍入縫隙，兩手空空，只有一把飛劍、百年剎那和一個儲物手環。水濂洞的一切都是倉促而為的，為了丹藥已經耗空了儲物手環所有藥材。如果他想往上修，照他那種嗑藥流的修煉法，就得外出尋寶了。

他打算在凡人的城鎮蒐羅所有金銀換得到的材料，然後再去跟本地修仙者交流（我想必要的時候還打劫），最後才是真刀實槍的去險地採擷。

「不是我現在境界太差，根本就不會困在啟濛。」他發牢騷，「連啟濛的伴星都比枯竭的主星資源豐富。」

「……啟濛到底是什麼地方啊？伴星又是哪個？」我糊塗的問。

他滿眼怪異的看我，好一會兒才長嘆一聲。「也是，妳不知道所有的星是球形的。妳大約還以為天圓地方吧？」

我被炸矇了。

真沒想到，修仙者的天文學和航太學比二十一世紀還發達。

無窮口中的「啟濛」，指的就是地球。伴星就是月亮了。之所以稱為「啟濛」，就是一切的開始。據說修仙者最早的源頭就是「啟濛」，後來太多修仙者把資源都耗光了，只好試圖往外發展。

而「慧極」，是目前修仙者聚集最多最旺盛的星球，門派眾多。距離地球非常非常遙遠，連修仙者往來都要花上千年之久。

《拾遺記》卷一：「帝子與皇娥泛於海上，以桂枝為表，結薰茅為旌，刻玉為鳩，置於表端。」

據無窮說，這不是真的泛舟海上，而是一對修仙者橫越太空的記錄。而慧極還存在著數處古傳送陣的遺跡，但早已無法使用。唯一可以使用的古傳送陣，卻已經失衡碎裂成一個不穩定的裂縫，傳得到地球（啟濛）的機率只有十分之一，更可能在太空中永恆飄浮。

沒想到他運氣這麼好，他家老二的運氣也同樣的好。

但對我來說，卻是運氣非常非常的差。而且我聽得腦袋都快爆炸。

嚴格來說，無窮是外星人——或者說，地球移民。還是個四分之三元神的地球移民修仙者。

這算什麼跟什麼，該怎麼分類？我還被他纏上，這算什麼事兒呀？

為了避免腦袋爆炸，我決定不去想這些亂七八糟的外太空修仙設定。

反正他是無窮，一個變態喜憨兒。他個人就已經很複雜了，用不著再去追究他的背景……如果我不想因為使用腦力過度導致噴腦漿的話。

現在這個喜憨兒正在外面把門敲得震天響，很不滿我洗澡洗太久。我當然學會了振衣滌塵，也知道自己很乾淨。但洗澡是每個現代人都可以享受的事情，即使我來到這個亂七八糟的大明朝，也不能剝奪我的權利。

這跟心靈滿足有關，和髒不髒一點關係都沒有。

「別吵！」我大吼，「連洗個澡也要吵……你不是去淘寶了？」

「三塊下級仙石算什麼寶？」他嗤之以鼻，「送他都不要呢，我居然如此憋屈的得收這種垃圾……今天我還沒有梳頭！再不出來我就進去了！有什麼我沒看過的……」

「你那個頭……永遠都不會髒有什麼好梳的?!」

「那妳洗什麼澡？」

……好不容易住到全京城最大的客棧，還不讓我享受一下泡澡的樂趣，有沒有天理？

但被無窮破門而入和乖乖開門，兩害取其輕，我還是心不甘情不願的起身穿衣，拉長了臉開門，他忿忿的走進來，把澡盆踢出房門，順便蒸發了地上的水漬。

我正在弄乾自己的頭髮，他隨隨便便拍兩下就乾了。氣呼呼的坐下，「梳頭！」

來到京城以後，他脾氣就很大。原本我們以為天子腳下，淘得到的寶應該很多，誰知道剛好相反。期待越高摔得越重，他心情之惡劣，真是無與倫比。

唯一可以讓他平靜的，只有梳頭。我想這跟猴子理毛、貓咪洗臉有相同的意義和功效。我建議他變隻貓咪自己處理，結果是被他變成一隻倒楣的貓，強迫的餵了我兩隻老鼠。

早知道就建議他變成猴子，最少被迫吃的是水果。

很想把扁木梳插到他的腦袋裡，可惜迫於惡勢力，敢怒不敢言。不過他的頭髮真是漂亮，烏鴉鴉的，像是一匹黑綢緞。每次幫他梳頭，連我的心情都平靜下來。但想想又很悲傷，我真的沉淪了，這跟猴子互相理毛有什麼兩樣？

他氣息漸漸勻稱下來，「鸞歌，有爹娘……是怎樣的感覺？」

我滯了一下，「我的爹是個混帳。我娘很好，但少根筋……你怎麼突然想到問這個？」

他安靜下來，好一會兒才說，「我當然沒有……他周歲時娘就死了，五、六歲就被他老爹賣去洞玄派當藥童。他不記得爹娘的臉。」

這喜憨兒今天鐵定是遇到什麼事情了。

「陸修寒就是你，你就是陸修寒。」我嘆氣。他不跟我搗蛋，偶發性的出現人性時，我就很難對他兇。第一印象總是很重要的，我總覺得，他是那個弱小的孩子，全身是血，奄奄一息的伸手抓住我的袖子。

無路用的良心加上母性，真是身為女人的悲哀。

「不是。」他回答的很認真，「他是他，我是我，老二是老二，老三是老三。我們像是插枝分株，絕對不再是同一棵樹。」他強調，「我就是無窮。」

……不要侮辱植物了。人家植物沒有同種相殘互相吞噬的毛病。

「植物是很和平的。」我含蓄的回答。

「什麼？」他沒聽懂。

我含糊過去，「發生什麼事情了？」

「……有個小孩，差點被奔馬踩死。他爹是個凡人，卻衝過去護住他。」他沉默了一會兒，「那孩子，哭得很傷心，那個快死的男人，抬手安慰那小孩，叫他不要哭。」

他一直有整合困難的問題。他擁有所有記憶和情感，但他不承認本尊，只是漠然的攝取他需要的知識。這萬丈紅塵、悲歡離合，和隔一層的記憶相比起來，對他來說是很大的衝擊吧？

「我殺了那匹馬，救了那個男人。」他的語氣柔軟，「我不該這麼做對不對？他就不會這麼做。這樣只會引來麻煩……我覺得又開心又苦惱，又覺得很煩……」

忍不住，我摸了摸他的頭。雖然他這麼鬧騰，喜憨兒就是喜憨兒。他純真得很邪惡，但畢竟還是純真。

「……你不是說你是無窮？那你管陸修寒會不會怎麼做？你開心怎麼做就怎麼做吧……你欺負我的時候就沒猶豫，現在猶豫什麼？我不相信陸修寒會這樣欺負我。」

「那是。」他低低的笑了起來，「欺負妳真有趣。」

我惡狠狠的梳了三下，恨不得把他的頭髮扯下來。

他被我扯疼了，護著頭跳起來，「三天不打上房揭瓦了！」

正戒備著準備開戰，他卻神情一肅，氣息冷然，張揚的放出滾滾殺氣，「果然麻煩來了。」他對我輕喝，「待在這兒別動，等我回來。」

口吐飛劍，瞬間消失了蹤影。

拿著扁木梳，我獃住了。

等我再也探查不到無窮的氣息，不可否認，我狂喜了十二個時辰……二十四小時。

日日夜夜讓這煩人的狗皮膏藥貼了五年又三個月，我終於呼吸到自由的空氣了。睡覺不用扮竹子，也不會從被窩裡掏出蛇來。我想去哪就可以去哪，心滿意足的逛了一整天的街，沒人會故意絆我、找碴，更不會講話氣我、欺負我。

自由的感覺真甜美。第一天，我真的是這麼想的。我規劃過我要怎麼生活，或許跑去當個裝神弄鬼的神婆不錯，反正這五年我也學了些能唬人的玩意兒。或者當醫生，我懂幾種簡單的丹藥煉製，藥材也不會太麻煩。

可第二天，我突然覺得這些遠景和願景都沒什麼意思。我不承認，但也不得不承認，我在擔心。

我居然在擔心無窮。這個事實讓我臉孔蒼白，食不下嚥。果然近朱者赤，近墨者黑，我終究還是被感染得像個變態了。我沒拔腿就跑，居然在客棧裡轉來轉去，明明我不用為生活擔心……我身上不是沒有銀子。

但我像隻磨麥粉的驢子在屋裡轉了一圈又一圈，心裡浮起幾百種可怕的想像。我想到他家那可怕的老二，想到他偶爾講過的驚險撿骨行。寸寸危機、步步驚心。我想到他說元嬰期沒什麼了不起，不過是有基本自保能力。

最後我想到的是，我們初見面，那隻滿是血污，拉住我袖子，小小的手。

我跟一個整合不良的喜憨兒生活在一起太久了，自己也快變成神經病了。好幾次我想走，但腳沉重如鉛。

他讓我待在這兒的。

第五天，我在客棧大廳喝粥，聽到有人提起妖人。說他當街殺了八王爺的馬，四分五裂，慘不忍睹。妖人來去無蹤，只抓到一對勾結妖人的父子，已經殺了。但當晚八王爺無端暴斃，皇上震怒非常，下令嚴查云云。

……我不該讓他一個人出去的，我若跟著，事情不會變得這麼糟糕。我老說他是個變態、陰險狡詐。

但裂靈後，他身為第四元神，一直被關在密室裡，如此一百年。他的邪惡是根源於本尊的自私，但他的純真就是他根本和這世界沒有任何機會關連。

天啊，無窮到底在哪裡？

我哭了出來，眼淚滴在銀戒上，我稀薄的真氣被惡狠狠地一扯。試著探入神識，我居然看到了他……或者是看到那個金戒吧。

無窮半玩半鬧教過我紮甲馬，我卻沒什麼信心。總是跑沒兩里就嚇得急煞車。想想我真是道心欠缺得厲害，學什麼都不太上心，馬馬虎虎。這是我頭回這麼懊悔不用功。

咽了咽口水，我跑出大街，紮上兩道甲馬符，咬牙驅動了。銀戒給的方向是直線的透明光，我知道自己的方向感不好，只能走直線了。但這種疾行術真的要把我給嚇破膽了。尤其是為了走直線上房下房，最後還跑上城牆又尖叫著跑下來，真的好可怕……

透明光越來越淡，我也越來越怕。血腥味越來越重，即使速度這麼快，我還是瞥到一些不想仔細看更不想仔細想的……肉塊還是內臟。

我很想吐。為了讓自己略略飄浮不至於磨斷腳，我已經極盡真氣環繞在腳上了，我身上的護體真氣比紙還薄，更無力阻擋灌木樹枝在我身上造成擦傷。當然，我可以開金鐘罩，但那符寶會造成行動遲緩的後遺症。

現在我是一刻也不能浪費了。

屍骨如山，血流成河。我看到不少斷裂的法器和飛劍，說明剛剛有一場大戰。而且是修道人間的大戰……

透明光黯淡下來，我看到無窮了。我也知道為什麼透明光會黯淡，他的真氣都耗盡了，兩隻手鮮血淋漓的被金剛杵釘在地上。一個猙獰的和尚舉起月牙杖，正要劈落。

「飛劍影，叱！」我想也沒想，接近本能的喚出符寶。我實在沒有足夠的能力可以驅動這驕傲的符寶，它一出匣，就要直取我的腦袋。

我怒不可遏的大喝一聲，使勁全力的驅動它。

事實證明，符寶也是怕惡人的。好聲好氣說不聽，我一兇它就怕了，它繞了個大圈，飛快的疾取大和尚，不但削斷了月牙杖，還割斷了大和尚的脖子，念珠斷裂，掉了一地。

我殺人了。

四周突然變得非常安靜，只有我心跳如鼓的聲音。我乾嘔了一下，吐了。想站起來卻沒有力氣，只好四肢並用的爬到無窮的身邊。可能是受到太大的驚嚇，情感有些麻痺，我居然有膽推開無頭的大和尚，也不去看他怒張雙目的首級。

「無窮？無窮！」我拍著他的臉，他整個都冰冷了。但微微的張眼，扯了個諷的笑。

「鸞歌……等不及了？」他喘了一下，「他是對的。我就不該去惹麻煩。」

我哭著拔掉釘住他雙手的金剛杵，把他抱在懷裡。摸著他的儲物手鐲，發現他的天元丹空了。他一定是邊打邊吃，修煉嗑藥就算了，連打架都嗑藥，算什麼事啊？

我只好摸我自己的培元丹給他，對元嬰期的人來說，藥力太薄了。

他嚥了丹藥，專注的看著我。拉住我的袖子，「鸞歌，現在殺了我，以後我就殺不了妳了。」

我瞪著他，怒火漸漸上湧。這渾球、混帳、大變態！我剛為他殺了一個人……

兩世為人第一回沾惹了人命，將來恐怕會終生作惡夢……他在說什麼廢話?!

他拉著我的手，按著天靈蓋。「等等妳對我動手的時候……我的元嬰會從這兒出來。妳若吃了……大約可以前進到靈寂期。距離自結元嬰就不遠了……」

「閉嘴！閉嘴閉嘴閉嘴！」我抓著他前襟，「為什麼現在還要欺負我？我殺了一個人未來都睡不好了，你是不是打算讓我永遠睡不著？你說啊！你為什麼就愛欺負我？我做錯什麼啊?!」

他帶著很可惡的笑，昏過去了。白衣染塵，烏鴉鴉的長髮混了泥。他一點一點的衰弱下去，真氣耗竭，元嬰萎靡不振，接近散功解體了。

重得我拖不起來。

我用力擦掉眼淚，一手按住他的天靈蓋，一手按住他的丹田。我閉上眼睛，仔細回憶他是怎麼做的。

一陰一陽，我將自己稀薄的真氣灌到他身體裡，像是拿小水溝的水去潤乾枯的東海。我竭盡全力的用那點真氣去運行他的小周天，只夠我運行一次，救醒元嬰而已。

我想再榨，已經沒有了。

誰讓我不用功呢？昏迷之前，我只想到這個。

等我再醒來時，只覺得很冷。明明眼前有火。我想是真氣被我耗了個乾淨，沒得護體。過了一會兒，我才意識到我在無窮的懷裡。

他雙目緊閉，盤膝坐著。臉孔雖然蒼白，但淡淡的泛著光。我想他沒事了。抬頭四望，我們居然在竹林裡。這是一個迷殺陣，名為紫氣東來。

無窮能夠啟動這個陣，應該就沒有大礙了。

但我的手都皺起來了，好像木乃伊。這就是真氣耗損過度的結果，我都不敢去摸自己的臉，一定像個小老太婆兒。

他睜開眼睛，我趕緊把臉轉開。沒想到這麼簡單的動作，居然讓我脖子會痛。

無窮把我的臉轉過去，我不滿的抗議，只是聲音很沙啞，「難看死了，別看。」

他直視著我的眼睛，「不是讓妳等著？妳巴巴跑來送死？」

別問我，我也不知道。

沉默了一會兒，「妳怎麼沒殺我？殺了我，妳就自由了。妳不是一直想要自由嗎？」

「你有病啊？」我沒好氣，「想死自己去死，別賴我！」

「我若死了，什麼東西都是妳的。」他抓著我的下巴，逼我看著他，「我什麼都沒有瞞妳。」

我突然惱羞了，「幹嘛啊？我就是不想殺你，怎麼樣？我、我就是有良心這種東西，怎麼樣？我就是個笨蛋，我就是、就是……就是爛好人不行嗎？要你管！」

他突然親了我。

我想我是瞬間石化了。牙關緊咬，眼睛也不知道要閉，張得大大的。他一面思索一面含著我的脣，很認真，但很笨。

他離遠一點的看我，我震驚到腦筋打結。「我、我……我現在一定很難看吧？」

「是啊，」他點頭，「臉上的皺紋可以夾死蒼蠅。」

我真的火大了。「放開我，走開！」我設法坐起來，卻覺得全身痛得不得了。

他沒放手，反而抱緊一點，把臉偎在我的臉上，「我會養好妳的。」他很輕很輕的說，「妳是第一個，不為什麼，卻不想殺我反而想救我的人。連他……都沒有這麼好的待遇。」

我鼻子一酸，突然很想哭。

＊　＊　＊

京城發生了一件非常轟動的大事。

死去十四天的八王爺，突然還陽了。除了有些疲憊虛弱，竟然沒有留下任何後患。只是突然一心向道，已經拜在白雲觀觀主座下了。搖身一變，從沉溺酒色財氣的花花王爺變成養性修德的謙謙君子。

連皇帝都讚嘆，「山崩地裂有時見，起死回生古無聞。」對這個疼愛的第八皇子更是榮寵有加。

……當然我們都知道這些都是屁話。

雖然說起來挺啞口無言的。我發現，自從我娘因為少根筋給我安排了這個莫名其妙的前程，我就想奉勸天下兒女，還是自力救濟吧，別靠爸媽安排未來。像現在搞到這樣複雜，怨我娘也不是，不怨也不是，非常糾結。

自己做決定好歹怨自己方便，不用這麼左右為難。

事實是這樣的。

八王爺在鬧市奔馬，踩傷護子的路人甲，一時被感動心腸的無窮摘葉殺馬，八王爺從馬上跌下來傷了自尊。場面非常混亂，無窮扔了顆培元丹救了路人甲就飄然而去，哪知道八王爺的心眼小到這種程度，抓不到無窮，居然縱兇僕打死了這對父子出氣。

誰知道路人甲的娘子曾是村巫，性情非常剛烈。丈夫兒子無端慘死，非常憤怒，自咒穿嫁裳上吊自盡，當晚就化為厲鬼祟殺了八王爺。

皇帝以為是妖人所為，勒令欽天監徹查。欽天監國師早就知道京城來了個元嬰期的高人，一直都有戒備。他出手殺馬就已經被盯上了，大概是技巧火候不夠，被無窮發現，就遠遠的引走。沒想到八王爺暴斃，這才精銳全出，引發一場大戰，頻頻增援。雖然修為遠不及無窮，但所謂蟻多咬死象，才輪得到我破格演出。

可還沒完。八王爺被祟得太厲害，戾氣不散，屍身不腐。無窮抱著我潛進去的時候，已經成了行屍，都快破棺而出了。

於是一起因為不遵守交通規則的事故，引起了一連串的血案。

無窮順手滅了變成行屍的八王爺，李代桃僵，成了還陽的八王爺朱煐。雖說我知道有種法術可以易形幻身，但略有修為的人就能輕易看穿。我這菜鳥都行了，往來那麼多道長、高人、大和尚怎麼沒看穿，讓我摸不著頭緒。

「變化為三等親內耗的真氣極少，而且看上一輩子也看不穿。」無窮淡淡的說，「便宜皇帝了，算他兒子的孝心吧。不然我是想去龍椅上坐著養傷的。」

「啥？」我呆掉了。溫泉行宮、圈禁的廢太子……不會吧？

「我這肉身是廢太子的小孩，天生是個白癡。」無窮粲然一笑，「不然我怎麼會把洞府建在廢棄行宮附近？當然是先相好了。」他的淺笑越發邪惡，「每一步每一著，我都仔細算過。不然我怎麼從老二手底逃得過？他什麼都有，我可什麼都沒有。」

我忍不住抖了一下。

追根究柢，會惹上這麼複雜的事和這麼複雜又黑心的人……都是因為老媽少根筋的關係。

這能說是一失足成千古恨嗎……？

我剛開始的時候很嚇人。

頭回看到銅鏡時，我差點嚇死。什麼叫做雞皮鶴髮，總算是見識到了。而且知道鏡中人是自己，更是考驗心臟。我仔細看了很久，納悶無窮怎麼親得下去。聽說我當日比這時候還老多了，他的美感難道比我還慘？

後來他發現我看著銅鏡會眼淚汪汪，把屋裡所有的銅鏡都化成粉末了，讓我非常無言。

更無言的是，這次純屬誤會而陰溝裡翻船，我又衰弱到比沒修煉的人還慘。藥材欠缺，虛不受補。無窮非常自在的動用八王爺的權勢，滿天下找珍貴藥材，我每隔一個時辰就得吃據說一碗五兩金子的藥膳，真是吃得心驚肉跳。

而且他還堅持自己餵，他住的地方是絕對不留任何人的。

我開始擔心，這次大戰是不是打壞了他的腦子，整個反了天。他對我真是溫柔備至，體貼入微。好不容易用開心農場培育出來的高貴藥材，他沒先去治他沉重的傷，而是先治煉了一爐天顏丹——珍貴但沒大用處的藥丹，主要是青春永駐用的。

「……你若很討厭對著我這張阿婆臉，我可以帶面紗。」我小心翼翼的問，不時興這樣浪費藥材吧？離緣草是天元丹的主藥材，培育千年才有基本效果。發芽率很低，即使是開心農場全力培育，活不到一成。

他不治好自己的內傷，弄什麼天顏丹？

「妳什麼樣子我都喜歡。」他含情脈脈的說，還巴噠一聲在我額頭親了一大口口水。

……我想陸修寒一定一心求道，沒把過半個妹。他們家小四會這麼笨，都是本尊的錯。

「我們現在好像在演《霍爾的移動城堡》。」吃了一顆珍貴的天顏丹卻沒起效果，我很感慨的說。

的確，我的問題是真氣喪失個精光（說不定還倒扣），天顏丹要等我將虧損補回來才有用。我很心疼那些打了水漂的珍貴藥材。

「霍爾是誰？」他的聲音冰冷下來。

其實我也沒看懂那部動畫，從頭到尾我只有一個感想，「霍爾好帥」。不過我很擅長見風轉舵，瞧老闆不高興了，趕緊把「霍爾好帥」替代成「無窮好帥」，果然讓他眉開眼笑。

他變得如此好哄，讓我又糊塗又惶恐。不知道幾時要變天，這傢伙跟春天一樣。

但這位變態的「春天」，卻浪費他的真氣治我的傷，讓他自己的內傷拖得更久。我說了幾次無效，有回真的發火了，破口大罵了他幾分鐘，心底想破罐子破摔了，被報復也認了。

他卻眼角含淚一臉欣慰的抱著我前後搖晃，超噁心的喊了幾百次「鸞鸞」，高興的一整天走路都會飄。

……他真的把腦子給打壞了！

「你還是快把傷治好吧，我求求你！」我嚇得聲音都發抖了，「老大，我現在只能靠你了，你有個不好我怎麼辦啊？」

他連話都說不出來，握著我的手用力點頭。臉孔很可疑的發紅暈。

……人有大夫，獸有獸醫。這個修仙的半仙，該看哪一科啊？

懷著這樣忐忑的心情，我們在八王爺府待了半年。在我看到丹藥就想死，起碼吃了幾罈子以後，我乾扁的皮膚終於恢復了十三、四歲的彈性，那顆天顏丹終於發揮效果……我都不認識我自己了。

這技術傳到二十一世紀，我大約會比比爾蓋茲還有錢。他的客戶群都躲著想用盜版，我的客戶群會揮舞著鈔票擁戴正版，幾乎可以囊括全人類了。

但我看了很不習慣。一副狐狸精的樣子，我都不敢笑了。

「……你覺得這樣好看？」我問無窮。

他端詳我半天，「跟以前差不多呀。眼睛鼻子嘴巴都有，就少了皺紋。」

我好歹只是美感麻痺，這傢伙是美感癱瘓。我想就是我把臉燒糊了，他也只是告訴我多了點疤而已，沒感覺。

這半年是我到這鬼世界以來，唯一沒有中毒、跌倒、被欺壓欺負，活得極度大小姐的半年。

剛開始還可以說是因為救了無窮他心生內疚，堅持這半年下來也很不得了了。我一直沒搞懂是為什麼……每次問他，他都理直氣壯的說，「妳是我的爐鼎，當然要待妳好。」

「但我以前也是啊。」我覺得跟外星人真有溝通不良的問題。

「妳通過考試了。」他摟著我笑。

「什麼考試？」我越來越迷惑了。

他從來沒回答過我，只是又親得我滿臉口水，還不准人擦。

想了很久，沒想通。後來我就看開了。那些複雜的人事物，關我什麼事情？反正無窮不會把我丟掉，我樂得混吃等死。我前生攤上一個更不靠譜的娘，還不是相依為命的很愉快？無窮是精神分裂了點，只要不欺負我，其實也是很可愛的。

大概我的命就是適合不正常人類。既然無窮說我是他的爐鼎（侍女就侍女，什麼爐鼎），那就算是好了。他照顧起來又不麻煩，就有點像黏人的大孩子罷了。不過他不知道是不是演上癮了，很適應「八王爺」這個角色，裝得一副謙謙君子樣，頗有威嚴。

想想他沒機會像個人似的接觸紅塵，這說不定是個好機會。

至於我，傷癒後，無窮讓我公開亮相，成為他府上的第九個姬妾，還是最寵愛的那一個。

我想，不寵愛我也不行。讓人知道八王爺連接吻都不會，恐怕立刻就露了餡兒。

不過，閒散王爺也不閒散了。

那天無窮回來，又是興奮，又是憂慮，一直輕嚷著，「有麻煩，有麻煩。」圍著我團團轉，卻連句完整句子都不會說了。

真難以相信，這個頭戴玉冠，身穿龍紋的男子，半個時辰前還跟那些賓客之乎者也的商談國事。說有多正經，就有多正經。

「你的麻煩，還是陸修寒的麻煩？」我已經很習慣他了，直接問了。

「他一定會覺得很麻煩。」遲疑了一下，他說。

「你覺得麻煩嗎？」我幫他脫掉外面那件外裳，刺繡鑲珠的，超重。

他很自然而然的把我抱在懷裡——他已經升格為袋熊之流，只要能坐著就會把我抓去抱，和小孩子抱泰迪熊有異曲同工之妙。我娘也有同樣的怪癖，大抵上不正常人類都需要體溫保持安全感。

「麻煩。但我覺得似乎很有意思。」他露出有點邪惡的笑。

然後他開始談政事，拉幫結派的，像是搞黑社會，大黨裡頭套小黨，小黨裡頭還有派系，錯綜複雜，我聽得雲裡霧裡，滿頭嗡嗡叫。

跑神了好幾次才勉強聽完。總之，這個表面和平富庶的大明朝，皇室到朝臣矛盾重重，太子已經廢了第二個，現在東宮空懸，台下動作不斷。皇帝被搞得有點煩，朝臣又被底下的皇子招安掉了，不免惶惶。這個近來洗心革面（？）的八皇子突然開竅，隨口說的都命中要害。

現在換皇帝想招安這個冒牌的八皇子了。

「其實，」他遲疑了一下，「直接當皇帝比較好，要什麼東西叫下面的人去辦就行了，現在畢竟隔了一層。不過……現在這樣比較好玩。」

我額上沁出幾顆汗。閒散王爺無能無所謂，皇帝搜刮天下盡搞些有的沒有的，可是罪大惡極。我雖然不是這時代的人，但有很薄弱的良心。

「呃，八王爺要弄些啥也很方便了。」我提醒他，「你的藥材已經快堆滿隔壁的空屋子了。我今天已經分類過，有些精煉步驟可以先行了。藥爐我也先安了，等等你瞧瞧有什麼需要修改的……」

他一臉感動，「鸞鸞，我就知道妳對我最好。」巴噠巴噠的亂親一陣。

我忍受他像是忍受一隻哈巴狗的口水攻擊。沒辦法，他精神「畢岔」，論及利害生死，犀利陰險得比毒蛇還毒。但是對情感這塊，幼稚園大班生都比他強。教了他很多次，親人還是會帶口水，我放棄了。

整合不良也不是他的錯啊。我對自己搖頭，慈母多敗兒，我就是太寵了，老替他找理由。但他難得想做些什麼，讓他去做有什麼關係？反正修煉的時光那麼多，也不差幾十年。

「你的傷怎麼樣？」我問，「若是會耽誤到養傷，就不要好了。」

「控制住了，得等藥。」他滿不在乎，「沒有藥進度太慢。」

我看他是丹藥中毒，跟毒癮沒兩樣。「別自己動手啊。你也瞧見了，殺匹馬惹來那麼多事情……低調點。」我囉囉唆唆一堆，他垂下眼簾聽我嘮叨，一面玩著我的髮帶。

「可是……」他猶疑難決，「我還要煉丹，修理法寶。其實還有很多事情要做……」

「我來。」我嘆氣。吃了太多丹藥，許多吸收不了的靈氣都累積著，像是累積脂肪那樣不舒服。趁煉丹製器的時候耗掉一點，老話一句，閒著也是閒著。「你安心去玩吧，別殺人。」

當然不如他用三昧真火那樣快又有效率，但照尋常煉丹爐進行，主要是用靈石安陣開爐需要他弄，其他我可以照顧。我也打算趁這段時間好好學習向上了。攤上這個老闆，我不去找麻煩，麻煩都會來找我。

到現在我還會作惡夢，夢見我飛劍影喊不出來，無窮被大和尚劈成兩半。

「……鸞鸞待我真好！」他猛然熊抱，差點把我肺的空氣都勒出來了。

不過他要把開心農場交給我，我不肯。表面上的理由是我保不住這樣貴重的寶物，事實上是我不想為了一個破寶物讓他對我產生不安全感。他和陸修寒那群，對這個寶物有非常強烈的執念，我不想摻合到裡頭去。

我這人，最懶得爭什麼。現在挺好的，除了偶爾會被勒到沒氣。

不過，無窮可能知道我的想法，畢竟他是個聰明絕頂的傢伙。只是你知道他感情迴路有點故障，不知道為什麼感動得要死要活。因為決定出去蹚渾水，所以外出的時候多了。若是在家，都硬把我叫到身邊，連跟人議事都把我抱在膝蓋上。

……我記得有個君主也是這樣對待某個美人，最後那個美人很不幸的被殺了。就是因為後來的君王怕自己也沉淪。

但無窮是個抗議無效，掙扎更慘的傢伙。我只好沁著汗去扮演禍國殃民的紅顏禍水。心底暗暗慶幸他是偷天換日了八王爺而不是皇帝，性命比較安全些。

不過，八王爺的前八個妻妾可就不太樂意了。

沒想到我一個修仙者（就算是只到築基期的菜鳥），還要跟人家玩宮鬥……真是想到就很悲傷。

正確的說法是，八王爺樂王，有八個妻妾（而不是姬妾，只是我跟外星人搞不太懂）。

頭三名是樂王妃、公孫側妃、上官側妃。這三個是皇上賜婚的。樂王妃是盧氏，據說是貴戚（哪裡貴我就不怎麼清楚，架子很大），兩個側妃也是世家女，都是那種行不搖裙，笑不露齒的端莊淑女，拿女誡當聖旨那種。

雖然我有點美感麻痺，但樂王妃的確很漂亮。差不多拿掉我媽那種陰森，練習一下用鼻孔看人的絕技就有那麼點像吧。另外兩個化上妝就像雙生子，典型江南美女。連個性都像……講話一拖三拍，我聽得瞌睡。

這三個王妃出巡，就像是樂王妃帶兩個跟班，那兩個跟班還長得差不多，很有喜感。

至於五個妾，那就爭奇鬥豔啦。我懷疑八王爺的本意是想娶滿百家姓，可惜壯志未酬身先死。趙錢孫李周，五個小妾剛好一姓一個還照順序。說起來，這個酒色財氣的八王爺還真有點黑色幽默。

但八王爺「還陽」以後，修身養性，這八位妻妾獨守空閨，非常孤苦。我好奇的問過無窮，他表面上說得非常堂皇，「暫居於此只是為了蒐羅藥材和養傷，怎能占了王爺的缺還淫人妻妾。」

「少裝了。」我又不是第一天認識他，「這些理由你去唬外面的人好，唬我就太假了。」

他馬上從善如流，「我怎可能拿我純陽之體去填那些粉紅髑髏。」

我眼睛瞪得老大，真沒想到他還是處男。

他趁機教育我，雖然他是嗑藥流，到底也是正統道門。他們這派講究一大堆，講白點就是禁欲修煉比較快，處子更是事半功倍。除非是到了過不去的關卡，才會為了衝關勉為其難。

「……陸修寒也是處男？」哇塞，這些修煉瘋子真是犧牲大了。

他神情不太自在，「為了衝關，他……總之不是了。」

我嘖嘖稱奇，我還以為男人都是禽獸，沒想到為了一個崇高的目標，也可以禽獸不如……我是說昇華。

可我又反思回來，我自從修煉以來（就算被迫嗑藥練上來），的確情事淡薄的幾乎沒有。成天讓無窮這麼抱過來親過去，除了偶爾覺得有點煩，也的確一點都不動情。果然修煉是件非常神奇的事情。

（當然事情不是我這傻孩子想的一樣）

但冒牌八王爺不翻牌子，那八位妻妾卻把矛頭指向「最受寵愛」的我……我真是啞巴吃黃連。

首先發難的是百家姓姨娘中的一位，我也沒搞清楚是哪位。總之，她親熱的拉我去喝茶，可她的茶卻有紅花的味道。

「我不喜歡這種茶。」我直言，「有紅花。姨娘也不要喝了，喝多了生不了小孩。」

誰知道我說了這麼一句，就變天了。先是某個姨娘打了那個姨娘一耳光，說一定是她害才會流產，然後越扯越離譜，什麼龍涎香啊、落水啊、下毒啊，五個姨娘吵得非常熱鬧。

哭的哭，叫的叫，剪頭髮的剪頭髮，拉的拉，當眾上吊的有之，往外奔要投水的有之，驚動了三個王妃，喊冤枉的喊冤枉，要作主的抱大腿。

我這目擊證人還沒搞清楚發生什麼事情，已經讓英明的樂王妃拖去柴房關起來，不給飯吃了。

……我辟穀五、六年了，妳不給我飯吃，我頂多有點嘴饞而已，有差嗎？再說這麼個破鎖……我還怕弄壞哪。

我真的沒有這種經驗，呆了幾秒。

不過我們借住在樂王府，樂王妃好歹是女主人。作客的不要太違背主人的意思，這我是知道的。

但無窮的丹藥還在丹爐裡，每兩個時辰都得照看一下，調個丹火觀察火候。搔了搔頭，我抽出戒指裡的黃紙和硃砂畫幻符和隱身符。雖然我使用得不怎麼高明，但騙騙凡人應該可以……如果別來碰幻符的話。

那天還真的很累。我每兩個時辰就得去顧一下藥爐，柴房到寢殿又遠。好在現在我紮甲馬熟練了，走起來很快，我還實驗了不少方式，比方說輕功法（跳到屋頂跑）、凌波微步（水上跑步別有樂趣），還滿好玩的。

唯一麻煩的是那個破鎖，沒兩下被我弄壞了，乾脆就不管了，反正我有待著就行了。

晚上無窮回來的時候，找到柴房，大奇問，「妳幹嘛待在這兒？」

「不知道啊。」其實我也很納悶，「樂王妃要我來的。」

「唔，她是王妃，妳是姬妾。論理她是可以處置妳。」他苦惱起來，「要不，我去抓隻疫神來解決她們吧。」

「不好吧？」我皺眉，「你占人家王爺的缺，還害死人家的老婆們，不厚道。」

他也皺眉，「我去叫她把妳放出來。」

大約半個小時，他黑著臉回來，「……她罵我。我差點控制不住殺掉她。」

「別鬧騰了。」我嘆氣，「我們是作客的。你去瞧瞧丹爐好了，我走一天了，超累。」

他把我抱起來，「幹嘛那麼心實？」他彈了一絲神識在我的幻符中，整個逼真起來，「她要關就關吧，讓她去關張符好了。這幾天妳別出院子了……這些女人真麻煩。」

我想她們遇到我們這兩個活寶也是很可憐。一個二十一世紀來的，一個外星人。我們很想守好大明朝的規則和樂王府的規範，但實在有點困難。

後來樂王妃還是把「我」從柴房放出來了，只是因為「誣陷」被打了二十棍。高人就是高人，那張幻符超逼真的，被打還會叫痛，皮開肉綻，超逼真，而且沒打破。

但樂王妃生了場大病。還是我再三勸說，無窮才讓她「痊癒」。

誰讓她打那張幻符時，無窮的神識還在裡頭呢？雖然只有一絲，他尊貴的屁股也是會痛的。那時他正在金鑾殿……

我不知道該同情誰比較好。

事情當然不會這樣就完了。

無窮會選擇在這兒扎根，其實就是為了方便蒐羅藥材和天材地寶。一個王爺的身分是很棒的掩護，何況現在他在廟堂上玩得正樂。一個人再厲害，都不如舉國的凡人一起幫忙來得強。

所以我們得低調低調再低調，無論如何都得不被懷疑的在樂王府待下去。

可跟我們想法差不多的高人可能偽裝不了皇室，但可以來巴結大官或皇帝，再不然乾脆去欽天監上班。所以京城成了一個眾高人匯集的地方。

雖然說這些高人的高度不及無窮，但經過血腥大戰的洗禮，無窮也學乖了，夾著尾巴做人才是上策。於是他現在裝得非常像，所有的氣息都收斂得一乾二淨。

有點我一直都很佩服他。他真是個聰明絕頂，非常能夠摸清並且遵守各式規則的人。就算他不懂，甚至嗤之以鼻，但觸及生存這個大題目，他就會遵守得點滴不漏。

像是樂王妃找我麻煩，他雖然覺得被觸犯了所有物（我……）的處置底線，還是沒把她一掌拍死，而是先遵守了樂王府的內院規範，試圖尋找漏洞。

我覺得他這樣真的很辛苦。我天生就是不太遵守規則的人……也不是不遵守，而是記得迷迷糊糊。他要面對的已經是幾百架的規則書了，還得一一安排妥當，不管是不是樂在其中，我總不好替老闆添麻煩是不？

所以我跟他說，不用管我這頭。幾個凡人能把我怎麼樣？

坦白說，還真的不能怎麼樣。

欒王妃嘛，又不是武則天，等級差太多。頂多能打打我耳光，罰我在大太陽底下跪，或者揪著我的頭髮罵不知羞恥什麼的。

打我耳光？我臉不疼，倒是她的手痛了半個月。太陽底下跪？我順便修煉，效果還不壞哩。揪著我頭髮的時候更可憐，我忘了把護身撤掉，結果頭髮反纏了她一臉，差點把她悶死。

結果，我差點被當妖怪收了……或者說來的道士差點被我收了。

論境界，其實這道士跟我倒在伯仲之間。論法寶……那就是雲泥之別。一個撿骨撿了兩百五十年，眼光毒辣老到的撿骨高手，就算搶劫也能搶出最好的精品。我雖然動不了什麼法寶（功力不足），但我有很剽悍的符寶。

甚至我還沒出到飛劍影，他一劍砍到金鐘罩，就被反彈震昏過去了。

我突然有種獨孤求敗的寂寞感。

無窮花了好幾倍的時間精力才把所有相關人士的記憶都洗乾淨，累得差點舊傷復發。

我很沮喪。「……對不起。」

「鸞鸞，只要不想殺我，什麼都沒關係。」他執著我的手，眼光很溫柔，「反正妳就是這樣笨，根本不用作什麼，無事都可以變成有事，小事都能生長成特大的事。」

……我的沮喪完全蒸發了。

最後能屈能伸的無窮放下身段，設法哄好那八位鶯鶯燕燕。我不得不說，他哄起人真是像模似樣，簡直是言情小說的超深情男主角走下來了。難得的是，他還能哄得每個女人都很開心，身在花叢過，片葉不留身。

於是我身上的矛頭終於拔除了。

但光是哄也有彈性疲乏的時候，坐而言不如起而行，我想這些夫人們都是這句真理的信徒。

於是無窮每天都罵罵咧咧，一面用真氣逼毒……春毒。笑得滾地之餘，我又有點同情這群守活寡的女人。

雖然現在活得這樣清心寡欲，我前世也是談過非常糾結的戀愛的。飲食男女、人之大欲，又不是每個人都能有我這運氣（還是不幸？）可以尋求解脫，這些凡間女子也是有情欲需求的。

「……反正你是嗑藥流。」我小心翼翼的建議，「就不要太矜持了。」

正在假寐的無窮睜開眼睛，眼神比冰塊還冷。「妳說什麼？」

我縮了縮脖子，覺得室溫飛快的下降，恐怕正在測試絕對零度。「我是說……情欲如洪水，湮堵不如疏導……」

雖然我說得很含蓄，但無窮應該聽懂了……但他氣得額角的青筋狠狠地抽搐了好幾下。知道他很氣，但沒想到他氣到撲過來抱住我，還沒搞清楚狀況已經被他在脖子上咬了一大口。

我痛得大叫，他吼得比我還大聲，「白癡！」

大怒抬頭，正想罵人，我看到他複雜的眼神和可疑的紅暈。那種又氣又惱，提不起放不下的拖拖拉拉。

他……他的意思是……「怒其不爭？」我不由自主的問出來。

無窮的脾氣來時轟然、去時倏忽，非常風情萬種的白了我一眼，脣角噙笑，心平氣和的……入定了。

搗著脖子，我蹲在入定的無窮前，覺得被天雷劈了個透心涼。

以前被我忽略的怪異小細節終於找到失落的環節，迅速拼湊起來了。等我整個順過一遍，突然覺得世界要毀滅了。

無窮……喜歡我，對吧？

蹲在他面前的我，瞬間石化了。這事實真的令人難以接受……他明明一直都在欺負我，我被他下過毒、絆過腳，被他嘲笑、侮辱……

但我喜歡他嗎？

三省吾身後，我很惶恐並且驚懼的發現，我還真的喜歡他欸。難道我是個M可是我一直都不知道？這太可恥了吧？我怎麼會去喜歡一個老虐待我的人……變態啊變態，怎麼會這樣？

我拚命找反證，想想我被他下毒的時候肚子有多痛……可我想不起來他主動對我下毒的時候。都是我對他下毒，他才找機會對我下毒。我是很氣他沒錯，但他低頭等我梳理長髮時，我就心軟了。我總想到那隻沾滿血污的小手，在死寂中抓住我的袖子，告訴我，我不是一個人。

想到他極度的陰險狡詐心機，卻也會想起他一臉傻笑的喊鸞鸞。用那麼殘酷冰冷的聲音威脅要殺我，卻也想到他濕漉漉又笨拙的口水吻。

叫我殺掉他，東西都歸我的無窮；像個袋熊黏著我的無窮；被我罵卻一臉開心的無窮。

他躺在地上，面白若紙，雙手釘著金剛杵，讓我心痛得幾乎想要死掉的無窮……

媽！我對不起妳！妳費盡苦心讓我再活一次，我卻愛上一個變態！

*　　*　　*

有些渾渾噩噩的蹲在無窮前面，除了去顧藥爐，其他時候都蹲在他面前。我愣愣的看著太陽偏西，月兔東升，又繁星西歸，太陽再次升起。

入定的無窮緩緩的睜開眼睛，每根髮絲都泛著金燦。他的內傷還沒完全好，但境界翻到元嬰中期了。他的突然入定是屬於「觸景生情」，有點類似頓悟，很適合衝關。

不過他也真的很厲害，沒嗑藥就直接升級了。

他也蹲著看我，手肘擱在腿上，撐著臉。另一手摸著我的脖子，正在撫摸他咬出來的齒痕。

「呃，」我大腦半麻痺的問，「你什麼時候開始喜歡我的？」

第一回這麼近距離看男人臉紅。他皮膚極白，像是上好的靈玉，緩緩的滲入胭脂，醉進雙靨。

「……妳第一次對我下毒的時候。十里楊花。」

我瞠目結舌，不禁有些佩服。變態得如此之剽悍……我不知道下毒也可以引起好感。

他輕笑了幾聲，消了我脖子上的齒痕，「妳救了我，我還妳一個築基期，本來就算兩清了。但妳待我那麼無禮……我就想氣妳些時候，然後有多遠扔多遠。可妳……明明那麼氣，氣到都下毒了，卻少了三味藥。妳甚至連靜室的防護陣都準備好了……連我昏迷後的安全都想到了。」

「那時候，我不知道為什麼，心軟了一下。突然很不想把妳丟掉了。」

「明明那麼氣我，但妳梳頭還是那麼仔細，很怕弄痛我，一小把一小把的解開髮結。我皺一下眉頭，妳就更輕手輕腳，卻不是害怕。我一直在想，妳有什麼目的……或者將來會有什麼目的，但沒有一次讓我推算到。我什麼都沒瞞妳，但妳什麼都不要。

甚至，我讓妳殺我，妳卻那麼生氣，從來沒有那麼生氣過。妳那麼害怕……還從來沒見過妳那麼害怕。妳差點把命丟了呢，妳知道嗎？妳差點把自己最後一口氣都扔給我了……」

他將眼睛笑成兩個月牙，看起來居然有些脆弱，「我真是歡喜。我對了，沒有為什麼，妳就是對我好。那時我歡喜得胸膛快要炸開來了，他的記憶可從來沒有這種感覺過。我真開心，妳只屬於我。」

……為什麼這麼深情的告白，讓無窮說起來還是很有變態味呢？

「那，你以後不會欺負我了嗎？」我覺得還是討價還價一下比較好。

他陷入了嚴重的思考，掙扎好一會兒，「……不下毒。」

「禁錮和法陣也不行！」這個條款要越細越好，不然將來我就慘了。

「妳跑了怎麼辦？這一定要保留。」他很堅決。

「我不跑就是了！」我更堅決，「被禁錮很難受的！」

「可我喜歡看妳生氣的樣子啊……」

「陸無窮先生！你變態也要有個極限行不行?!」

熱烈爭辯了大半個時辰，我終於爭取到不被下毒、不禁錮、不封陣的待遇，卻沒能取消被欺負的命運。因為我被他繞暈了，說「欺負」的定義太廣，將來定義明確以後擇期再議。

討論完畢，我發現我們倆還蹲著。他撐著臉頰，長髮披散，帶著一抹促狹又有點羞赧的笑意。

撲過去抱住他的脖子，我吻了他。我聽到一聲響亮，大概他的後腦勺先親吻了地球。不過他大約不覺得痛吧？因為他整個僵住了。

我斯斯文文又仔細的照正常流程吻他，他學得滿快的。

但沒什麼狂風驟雨啊、日月無光、昏天暗地。就是覺得他的唇舌很軟、很嫩，帶著熟悉的丹藥氣息。覺得很舒服，像是泡在溫泉裡。

身心都很熨貼……雖然也不過是個吻而已。

我也沒有覺得胸腔要炸開來的歡喜，反而是把有點飄的心穩穩的放回胸腔……或者可以說，「安心」。

我不是一個人了。這個寂寞又陌生的大明朝，有一個人（就算是個變態喜憨兒），讓我安住心了。

想想真奇妙。怎麼那麼剛好，我喜歡他，他又喜歡我。更奇妙的是，這是一起下毒案引起的一連串事件。

唯一的後遺症是，我辟穀了幾天，饞死我了。我開始覺得無窮絕對是修魔的，不然怎麼解釋他啃破我多處舌頭和嘴唇的衝動？

我覺得，有這樣一個變態男朋友是種錯誤的抉擇。但他肯給我後悔的機會嗎……？剛想到後果，我就打了一個冷顫。

*　　*　　*

我和無窮在一起了。

其實我也很納悶，為什麼我可以這麼快速的接受這件事情，甚至為什麼我會喜歡上他都讓我百思不解。

不過我不是個喜歡糾結的人，很快就釋懷了。想想那些msn聊兩句就愛得欲生欲死，泡酒吧看對眼就天雷勾動地火，馬上第六感生死戀的現代青少年，我突然覺得也不是那麼反常。

好歹我給他當了五、六年的侍女不是？知根究柢的，還有個醞釀過程。既然這世界上都有S和M生死與共了，我們這種半吊子會湊合，也不是太奇蹟的事情。

自從互相告白之後，無窮去了一層陰沉沉的殼，一整個神采飛揚。我呢，盡量深居簡出，因為我對一個丫頭笑了一下，讓她昏悠悠的撞了樹又撞了牆。我只能故作冰山美人狀。

我跟無窮抱怨要換個平凡點的外貌，他堅持看不出和以前有任何不同。

……他美感癱瘓這回事真的沒救了。

不過問題還是要解決的。家裡八位夫人已經眼冒綠光，對著越發俊美的無窮發出饑渴的低吼了。

最後無窮終於想起來一種遠古祕術──魂傀儡。並且去亂葬崗抓回一隻我見猶憐的白面書生鬼魂當傀儡魂體。

於是冒牌八王爺做了冒牌的傀儡八王爺，一天一個的「一碗水端平」。

「……我覺得很像在欺負小受。」看著白天躲在地下室眼角含淚的傀儡朱煐，心底有點複雜。

久旱逢甘霖，我想這個可憐的小受被摧殘得很徹底。

「小獸？」無窮不解了，「他有點獸性就不會被那些女人欺負得這麼慘。而且是他毛遂自薦的。」

「不是野獸的獸，是接受的受。」我不知道怎麼解釋。我也能了解，這個未嚐風月就含恨而死的美少年當然心底有很多憧憬，但憧憬和現實往往不太相同。

不是每個女人都是含羞帶怯的少女……也有許多饑渴的豺狼虎豹。不過，他也只簽了五年約。五年以後無窮答應把這傀儡體送給他，讓他有個修靈的根本，也不算太虧了。

起碼他的犧牲奉獻讓樂王府出現空前絕後的和諧。我和無窮終於可以過上和平安樂的日子。

其實，我們的日子和以前沒什麼兩樣。無窮還沒玩膩那些錯綜複雜的權勢遊戲，早出晚歸的。我呢，在家快樂的守藥爐和修煉，研究一些有的沒有的。

我漸漸領悟到，為什麼無窮會說要外出歷練才能提升的緣故了。其實都肇因於他那倒楣的嗑藥流。一般修仙者沒有那麼多資源，都得花很多時間吐納服氣，用決大的毅力才能累積靈氣，將自身當作丹爐，需要很高的天賦才能在有生之年跨入門檻。

但無窮的起點太高了，靈丹仙藥是幾百泡菜罈子不要命的嗑上來，可以說修為是硬堆的。他又有過經驗，所以駕輕就熟，知道怎麼引領過多的靈氣累積境界，才能在短短的五年內邁入元嬰期。

但我不同。我沒有經驗，吃下去的丹藥能夠轉化的部分不多，幾乎像是脂肪一樣累積在體內，不但把經脈塞得滿滿的，連運轉小周天都有困難。

唯一的辦法，就是用掉，靠消耗掉帶動循環小周天。所以無窮才說要外出歷練，因為在切磋和尋寶（滅團撿骨？）的過程中，就可以大量消耗這些過多的靈氣並且強迫提升。

但消耗又不是只有打架滅團尋寶可以辦到的。無意間我發現，守藥爐的時候可以消耗過多的靈氣，等第一爐天元丹出丹以後，我開始不間斷的精煉所有藥材。

無窮服了天元丹以後，傷勢好了大半，但主藥的離緣草和九龍花都耗光了，想靠嗑藥嗑上去是有困難的。他是打算把所有的輔藥都蒐羅齊全，但輔藥數量太多，精煉是必要的過程。

很可能六百斤的甘草，只精煉成一根唯一的精華，這是很煩瑣又枯燥的過程，當然他來做很快。我呢，卻把這工作接下來，消耗我累積過甚的靈氣。

我這人並不怕煩瑣，反而覺得規律的工作很有趣。上輩子心煩的時候，我很喜歡空著腦筋打圍巾。精煉之後分門別類的整齊擺好，很有成就感。而且我摸索著可以控制五道左右的神識分管五個丹爐，連無窮都嘖嘖稱奇。

「將來妳若入元嬰期，鬥法寶一定百戰百勝。」他很開心，「許多人能操控兩道神識，分別主宰防禦和攻擊就很強了，妳才開光中期啊……無可限量。以後我不用出手啦！」

……我覺得他的開心像是養了一隻叫做「女朋友」的神奇寶貝。我對未來有種不妙的悲觀。

發現我是個好學生，他每天要出門前都會從記憶裡轉出一個玉簡扔給我。這玩意兒很好玩，像是個mp3。只是用神識進入閱讀，不用電池而已。內容很雜，都是他隨意找出來扔的。

我對修煉法門興趣不高，對煉丹和製器最有興趣。但煉丹太多材料沒有了，我還停留在看植物圖鑑的階段……只是發現一個很好笑的事實。

我找到培元丹和天元丹的古方，卻和無窮原本用的方子不太相同。無窮用的算是加味。只是我照著植物圖鑑分析，發現他加的藥材很古怪，藥效通常都是靜心平氣的，綜合所有療效……簡單說，就是清心寡欲。

對照完以後，我啼笑皆非。

以前我看過一套奇幻小說，叫《地海系列》。當中的巫師為了追求法術，所以都會對自己下咒好不去想女人。沒想到古今中外含外星人英雄所見略同。

我還以為是修煉的關係，所以不動情，沒想到還是藥物的關係。

我跟無窮說，他哈哈大笑，「……不是，不完全是。鸞鸞，妳很適合修道。」他說，最適合修道的人，是愛恨怨憎四根俱淨。但這樣實在不可能，能夠兩根緣淺都算是容易的了。

「鸞鸞，妳三根緣淺。恨怨憎都不深，如水過無痕。」他笑咪咪的摸我的頭，「是傻氣了點，但非常適合修道。陸修寒四根深重，不得不用藥物控制……本來我也恢復古方了……」他不知道為什麼臉紅起來。

「那為什麼又用陸修寒的方子？」我莫名其妙了。

他支吾半天，摟著我扭了一會兒，「……自從妳對我下十里楊花後……我就有點……怕熬不到衝關……」

……變態就是變態。下毒也讓他春心蕩漾。

總之，我們還在使用加味姑嫂丸……我是說加味的丹藥。

不過我對煉丹沒什麼才能，不像無窮那樣厲害。反而對製器，我有很濃重的興趣，而且有點小小的才華。

本來我一個心動中期的小菜鳥，想要學製器宛如天方夜譚。因為我沒有自己的三昧真火，也沒有地靈火（某些火山有）可以輔助。但無窮是個曾經差點度劫的高手，而京城底下正有條龐大的靈脈，屬性正好是火龍。

雖然說龍頭在紫禁城裡，但樂王府剛好有條小小支脈。無窮就安了個陣，理直氣壯的竊取了這條脈的靈火。丹爐的火源就是這麼來的。

剛開始是因為各地徵收來的物資裡頭有許多礦石要精淬精煉，但礦石珍貴，我想先練練手，無窮搬運了大量海沙來讓我練著玩。

練著練著，練出興趣。海沙淬鍊後成什麼呢？沒錯，玻璃。我以前在一家玻璃作坊當過會計，分外有親切感。不過無窮對製器所知甚少，也沒什麼琢磨，頂多知道一些粗淺的煉製飛劍而已。

所以我一開始就走入歧途，誤打誤撞的別開蹊徑。很久很久以後，我才知道，一般製器是鍛製法，應該是走兵器反覆鍛造的路線。但我的卻是早已失傳的凝練法，根本沒有這法門了。

但這時候的我，一點都不知道。我只是憑著前生玩過吹玻璃、玩過捏陶，從這些部分下去摸索的。

所以我琢磨了一年多，出來的第一把飛劍，是把晶瑩剔透的「玻璃劍」。這是把橢圓形的飛劍，沒有劍柄，看起來像塊冰稜，陽光一照，五顏六色，幻出虹彩。

喜孜孜的遞給無窮的時候，他笑了。

他早就知道我在玩兒製器，還演練了許多他擁有的法寶給我看，跟我仔細講解。但他卻沒想到我會去搗鼓一把一碰就碎的玻璃劍。

「一旦交兵必碎……」他把玩著笑，但笑容漸漸凝固，換我的笑容越來越大。

「正是要它碎。」我揚了揚眉，心癢難耐的慫恿，「試看看！我的功力還不足以驅使……」

他一臉不可思議的攝入體內，然後喚出玻璃劍，打向一塊太湖石。石碎劍也碎，但碎裂又鋒利的玻璃碎劍，將滿天碎石割成粉末。

太成功了！

這就是兵者詭道也！若是跟人鬥飛劍或鬥法寶，以碎形對有形，雖然不到以柔克剛，也差不多了。而且玻璃心可以喚回重整……缺點是需要掌控神識的能力很強，不然無法控制碎裂成千百塊的裂片，那就不能控制爆炸割裂的範圍了，敵我雙方無差別攻擊就不妙了。

「……從何想來?!」無窮大笑，「太妙了，纖巧、纖巧！將來妳有這把，真的是……可惜了，靈火太弱。不過不怕，妳慢慢涵養鍛鍊……」

「是送你的。」我有點臉紅，「呃……我知道不如你的無形。但當個暗器也不壞啦……反正我再做就好了……你身邊還是多點防身比較好。」

他張大眼睛，我卻覺得有點不好意思。他什麼寶貝沒有？我送他這麼把低劣的飛劍。自己都覺得有點蠢。

「……這劍叫什麼？」他低頭端詳這把劍。

我很窘。期期艾艾的說，「玻璃心。」掩住了臉。我覺得很白癡、很不好意思。這整把劍的構思和名字……就只是、只是……只是代表我說不出口的心意而已。

他湊近我耳邊，很小聲的問，「妳的心麼？」

「知道就好，不要講啦！」我把他推開，他卻抓著我的手，一直傻笑。害我也跟著傻笑。

我想他是很喜歡這把劍，因為他暈飄飄了好幾天，很珍惜的隱在胸口，抱著我搖很久，像是哄小孩。

「……這是第一次，有人真心真意送我的東西。」他閉著眼睛，表情非常非常平靜，「鸞鸞，妳給我好多第一次。我會待妳好，永遠待妳好的。」

每次他這麼說，我都會很心酸。「……將來你認識的人多了，就會發現好人很多，比我待你更好的人更多。」

「不一樣的。」他摩挲著我的頭髮，「鸞鸞待我好我才希罕。以前他們幹什麼去了？只會想殺我、搶我的東西，就算待我好也是為了以後從我這得到什麼……連陸修寒見到我也只是想吞掉我……」

我更難過了。最少我還有個陰森的娘，無窮之前誰也沒有。我抱緊他，滴下眼淚。

* * *

冒充八王爺後的第八年，我來到這鬼世界的第十四年，發生了一件在大明朝不算大的邊境衝突。

南越叛亂，屢剿無功，樂王奉旨督軍。

當然這是表面上的說法。

主要是出了點修仙敗類想加入某方欺負凡人。這算是違反潛規則的。像是大人虐殺小孩即使無法禁絕，總是為人髮指。若是有人衝進幼兒園手起刀落，有點良心的大人都會撲上去阻止。

我沒鬧著要去。因為無窮用一成功力，我卻連半招都沒扛下來。

畢竟我不好去拖他後腿，我連自保的能力都沒有。所以我乖乖的在京城等他，畢竟他倚賴龍脈佈下的防護陣還真沒人可以破進來。

軍情緊急，他只交代一聲，摟了我一下就走了。其實我真的沒有抵觸也沒有生氣。我知道他想把我擱在安全的地方，我也知道他已入世，難免會有眷戀和不忍。

畢竟，真的心靈扭曲的，是陸修寒，一直都不是無窮。他的人格還是有機會走向健全光明的。

我只是……有點兒想他。而且有點擔心……不知道還可以想多久。

我媽偶爾也會很有哲理。她說，人生這條路鋪滿玫瑰——半是花朵半荊棘。是呀，走了這些年。荊棘少而花兒多，已經是福分了。而我呢，從來沒有獨自一個……上輩子有娘，這輩子有無窮。

我只是朝顏個性發作。牽牛花沒竹竿兒就倒地板了。

為了不讓自己沒事幹，我又不能靜下心來好好琢磨製器，我開始把他給的符籙仔仔細細讀了一遍，依樣畫葫蘆……畫符兒。

我足足畫了五個月的符。從開始醜得令人掩面的書法，到現在頗工整嚴謹。其實畫符是重點畫到能用得上就好，畫得好不好看從來不是重點。問題是，當你日日夜夜的畫了無數的符以後，想難看都有點困難了。

各式各樣的符，畫了又畫。專注在這個工作上，我就不太會想太多，累夠了我就能睡一會兒。缺點是手不能停。一停，就會覺得無形的子彈筆直的射穿心臟，疼得會彎下腰，直想打滾。

這五個月，我不但把所有累積的過剩靈氣耗光，甚至連我的真氣都耗完了。這樣機械性又大量的畫符也是很耗損的。我乾脆把培元丹擺了一罈出來，不足的時候就扔一顆吃了。

我當然也會擔心藥物中毒的問題。但比心痛要好多了。

樂王府有間偏殿是空著的。我就在那兒畫，邊畫邊扔旁邊，打算有心情的時候再去收拾。堆了整整半殿。

無窮回來的時候，我不知道。直到他喚我，我才茫茫然的回頭，看到他，我很想起身，但我發現我盤腿坐太久，腰腿不太靈活，癡癡的看了他十幾秒。

他的表情像是被雷劈了，滿臉慘痛。衝過來緊緊的抱住我，差點骨頭都被他勒出裂痕。他在發抖，然後哭得很淒涼，一個字也說不出來。我很想跟他講，男兒有淚不輕彈，也很想問他，是不是事情不順利？不管怎麼樣都會有辦法的。

或者是……他開竅了，愛上哪個俏姑娘之類的，那也可以直接告訴我，我會替他開心的……至於我心底真的怎麼想，他倒是不用知道。

但我五個月沒講話，喉舌一下子不靈光了。「無、無窮……」掙扎半天，我才勉強能開口。

他扶著我的臉，看了又看，然後深深的吻了我。我微微吃驚。

可能是缺乏情欲的關係，其實我們很少接吻。親暱是非常親暱，但無窮還是很含蓄的，真的把接吻當成一件很慎重的大事看待。偶爾花前月下，氣氛極好，他才會淺吻，很生澀也很害羞。像這樣熱情，可是很不尋常的。

他很溫柔，非常非常。但卻讓我的臉滾燙，他的臉也酡紅如醉。

抵著我的額，他輕喘好一會兒，才斷斷續續的說，「……再不會拋下妳了，對不起。」

「沒事呀。」太久沒說話，說起話來顯得嘶啞，語調古怪。「不要緊。」

他將臉貼在我的頰上，「我錯了，真的。我沒跟人相處過，我太得意忘形……對不起。」

「什麼啊……」他快惹哭我了，我強笑說，「真的沒事。是我不好，我沒自保能力……」

他堵住我的嘴不讓我說，啜吻如蝴蝶舞瓣，像個孩子一樣哭個不停。「我們……離開樂王府。離開以後……我們就成親。」

「為什麼？」我愣住，但他只是闔目流淚，將臉埋在我的頸窩。

他一直沒有解釋。只是哄我去睡，然後收拾所有的東西。收完整個偏殿，我寫的符仔細疊起來，可以裝滿二十坪大的房間，完全是手工業，粗估兩人消耗一百年都用不完。

直到帶我離開樂王府幾個月後，無窮才告訴我為什麼。

那天他回來時，看到落符如枯葉，而我就坐在淒涼的秋色裡埋首畫符。回頭看人時，脣若薄紙，頹豔傾倒，已如幽魂，卻在看見他時，薄弱如灰的眼中卻爆出燦亮的歡喜……就剩這麼一點生氣了。

所謂相思成疾。

他一下子堵住。他一直以為，我是個薄涼性子，若不是他苦苦牽扯，我也就隨緣淡薄。可沒想到五個月的離別而已，把我折磨成那樣子。

他說，那一刻，他痛苦的想死，雖然也歡喜的想死。

「……沒覺得苦啊。」我訥訥的說。

「傻氣……」每次我這樣講，他都會熱淚如傾。但他這樣哭，我卻從來沒討厭過，也不會覺得他娘娘腔。天知道我最討厭娘娘炮。

或許是我知道他的緣故。

＊　＊　＊

就在無窮正在積極準備選個好日子讓八王爺「死」得名正言順時……傀儡朱炦卻悄無聲息的出現在我背後，差點把我嚇死。

……雖然煉體三、四年，外表堂堂的傀儡王爺還是很有點陰風慘慘……必須的，就算是個白面書生型的美弱小受，根本還是個鬼。

「那個，」我遲疑的開口，「無窮不是跟你說好，把傀儡體送給你嗎？」反正都要詐死離開樂王府了，和小受的合約也就不甚計較，提前終止了。

我以為他會很高興，畢竟餵養虎狼不是個輕便的好差事……哪知道他悶了幾天，突然一臉憂鬱春傷的來尋我。

「我……我不敢打擾無窮大人……」他弱弱的說，「鸞歌姑娘……能不能、能不能請妳跟無窮大人提一提……」他支支吾吾了半天，才紅透了蒼白的臉，聲如蚊嗚，「讓、讓我……代替他留在樂王府？」

我把手上的丹瓶給摔了。幸好材質是寒玉，很堅固。

上上下下的打量他，我真不敢相信。他每個白天都在地下室沁著半滴淚，被這群女人榨得極慘，居然還有勇氣留下。

我想過每一個可能……但都不太可能。只好含蓄的對他說，「……那個，小受，雙修不是這樣修……除了被榨乾，不會有任何進度。」

八個，八個啊！一夜一個就已經很吃力，有時候還會遭逢兩個或三個……女人爭寵起來很恐怖的，什麼生病摔跤都會去「王爺」過夜的院子敲門喊人。

想想這種夜夜春宵根本不是享受而是受罪吧？我真不能想像為什麼男人會喜歡這樣折騰自己……不要提什麼一滴精十滴血，光光腰關節的磨損就很驚人吧？就算不會腰關節磨損導致骨刺的書生鬼魂，也被榨得夠嗆……

不要說我這女人膽寒，無窮那個陰險狡詐、膽大包天的傢伙，知曉真相之後，也對這群女人禮遇有加，非常敬而遠之。

傀儡朱煐不語，非常符合小受形象的絞起手指頭。扭捏了一會兒，他才很文人很氣質的長嘆，「……這些婦人……也苦得很。萬一樂王爺『不在』了……她們未來怎麼辦才好？連個頂門立戶的子嗣都沒有……」說著就紅了眼圈。

坦白說，他這麼弱受，我的雞皮疙瘩是一層層的疊加，忍不住打了個哆嗦。「可、可你是個……魂魄。」我絞盡腦汁的回答，「要讓女人生孩子，起碼要修煉成靈……我想她們是等不起的。」

我已經盡量含蓄了。照他的資質，沒個三、五百年不能成材。但這群女人哪裡等得了三、五百年……三、五十年都等不了了。

他低頭甚久，才面沁霞暈又哀傷的說，「也就耽誤半百年華……反正我已經死過了。這些婦人……是我的、我的妻妾。」他聲音越來越小，「我只管她們平安的闔了眼……其他，哪裡，能管得了……」

這瞬間，我突然覺得自己的雞皮疙瘩很沒禮貌，很值得羞愧。這個娘炮弱受的形象瞬間高大起來，讓我肅然起敬。

他說，那些婦人，是他的妻妾。跟他同床共枕過，不能隨便拋下不管。即使被榨得要死要活，也沒泯滅掉他的責任心。

男人，有些還是有良心的。

可惜不是無窮那種變態，就是傀儡朱煐這種死人。原本瞧不起男人的我，都忍不住惋惜了……世事古難全啊，男人也不能講究十全十美了。

就是真的很感動，所以我費盡唇舌說服了無窮，讓他拖了段時間裝病，並且教教傀儡朱煐怎麼當個「樂王爺」。

於是我常常看到無窮額角冒青筋的暴跳如雷，傀儡朱煐沁著半滴淚絞手指。無窮數不盡多少次想乾脆放火燒樂王府，省得要教這麼笨這麼娘的蠢學生。

最後還是我用了武俠小說的經典精髓……墜崖！

一墜天下無難事。雖說沒有武功祕笈和美女，但腿都折了，人也摔個「舊傷難癒」，這樣皇帝也不好意思差遣養傷中的八皇子，鶯鶯燕燕想上演愛情動作片也能體諒一點男主角，讓小受的工作量減輕許多，還不太會露餡。

所以說，經典之所以會是經典，就是有其顛撲不破的定律存在。果然墜崖後，傀儡朱煐飾演起病弱樂王爺一點破綻也沒有，從來沒有人疑心過。反正他不出大門，那些高人跟他沒有交集，也就看不破他的幻象。

很久很久以後，我才偶爾聽到「樂王爺」的軼聞。聽說一直臥病在床的樂王爺老來得子了……還是嫡子。我掐算了算，毛骨悚然，媽啊……樂王妃也該四十快五十了吧？超高齡產婦！

我糊塗了，這樣的年紀紅杏出牆未免太晚……？

更久以後，我跟無窮又偶遇了朱煐一次。我很好奇的問了這件事，卻讓他勃然大怒，嚴肅的斥責了我一頓，並且捍衛他妻妾們的清白。

「……那小孩子是怎麼來的?!」不要告訴我，樂王妃是聖母瑪莉亞之流！

這個修煉已久的魂魄化靈紅了紅臉，異常嬌羞，「我幾十年的修為，全化成那顆種子了……」

……不騙你，我真的被雷倒了。

當然，和朱煐的重逢還在很久以後，我們分別的時候彼此都很感傷……無窮不算。他高興得差點用法術放煙火……是我及時阻止了。

那時我只覺得，即使有「墜崖重傷」這個大殺器，能不能擋住虎狼之年的八個女人……還是未知之數。

又擔憂又肅然起敬的送了他一堆丹藥，還送了他一個我都會背的「第一次修仙就上手」玉簡（無窮……呃，陸修寒著），我們就灑淚而別了，讓無窮好生不耐煩。

「妳又不見得喜歡他。」無窮發牢騷。

「我是不喜歡男人和娘炮，」我嚴肅的回答，「但我敬佩他。」

捨身飼虎，那是佛祖才有的情操啊！體現在這樣的魂傀儡身上……不管他的性別和娘炮，都是值得尊敬的。

但無窮不高興了。

你知道的，無窮不管多麼聰明狡詐，本質上還是個喜憨兒，情感更是永遠的幼幼班……所以我開始吹捧，把「敬佩朱炔」轉成「敬愛無窮」，終於讓他傻兮兮的笑外帶幾個濕漉漉的口水吻。

……我覺得，我不是交了個修仙的男朋友，而是養了頭黃金獵犬，附帶嚴重分離焦慮症和舔人的不良嗜好。

他明明會接吻了，但還是喜歡這種濕答答的親親，我卻不敢說不要。

雖然我們達成了「不下毒、不禁錮、不封陣」的三大協議，但是對「欺負」的定義尚未有定論。就算現在他待我好的流油，但我還是不敢太得意忘形的。對不正常人類，我兩世有太多的經驗了。

不過一離開京城，我怎麼也沒想到無窮做的第一件事情，真的就是跟我成親。

但這個親呢，成得很土匪……他抓著我闖到一個正在辦喜事的村莊，照他說已經相當有禮貌的等待新郎新娘拜完堂，才跟他們「借用」服裝、喜堂，和爹娘。

……是說我怎麼不知道結婚這回事還可以跟人借爸爸媽媽啊?!

「這樣不好吧?」我掙扎著，但他不用花力氣就可以制服我……就算把十個我捆在一起，他也能輕鬆應對吧，我想……

「成親一定要有喜堂、喜服、和父母。」他執拗的堅持，轉頭喝令跪了一地痛哭流涕的純樸鄉親，「我不是山大王……呿!我自備新娘為什麼還要搶新娘?快叫新郎新娘的禮服脫一脫……趕緊的!不能借?那租一下總成吧?」

他扔了一大錠金元寶給痛哭流涕得特別厲害的新郎爹……然後我們就真的把什麼都租下來拜堂了。

「為什麼不幻化呢?」被一群女人押著換衣服和化妝，我聲嘶力竭的朝外喊，「住手!我不要挽臉……痛痛痛痛痛!……」

「依足人間的規矩嘛!幻化的就沒有fu了……」在另一間換衣服的無窮聲音挺歡，「紅蓋頭記得上喔!那個新郎，等我拜完堂跟你一起宴客……啊?要先掀紅蓋頭?同去同去……笨，你娘子的紅蓋頭租了我家鸞鸞，不會隨便找塊紅帕子蓋上?」

……我從來沒有想過，我成親的時候臉上會敷上三斤鉛粉，頭上蒙著紅蓋頭，拜著別人的爹娘當高堂。

而且我也很懊悔，為什麼要教外星人的無窮什麼叫做「fu」。

在鑼鼓喧天、鞭炮大作中，我什麼都看不見，暈頭轉向的讓無窮牽著亂轉，拜了不是我也不是他的父母，對拜的時候還是他幫我喬了方向我才沒拜錯人。

等我們進了洞房，那個霉運當頭的新郎倌才有機會掀自己新娘的紅帕子……瞧那個新郎倌的神情，倒是極滿意……但是無窮掀起我的蓋頭時，卻爆出一陣驚天動地的大笑。

……京城和深山小村的審美觀距離非常遼闊……我知道，我能體諒。但無窮的字典沒有「體諒」這兩個字。

「鸞、鸞鸞……妳、妳臉上的、的粉……正在龜裂……我都認不出哪個是我的新娘……我、我還以為我掀錯蓋頭……」他捧腹。

人的忍耐都是有限度的。所以我一拳揍在他下巴，讓他頭一仰，連新郎帽都掉了。

鴉雀無聲。

到現在還被「山大王」震懾得糊裡糊塗的鄉親父老瞪大了眼睛，新郎恐懼的抱住新娘子護著。

很好。這對小夫妻成功了一半……有好的開始嘛。

「笑夠了嗎？」我和藹的問。

無窮揉了揉下巴，將臉別開，「……妳趕緊把臉洗了。」然後又忍不住噗嗤，抓著倒楣新郎的胳臂，吆喝著，「走了走了，宴客了！瞧你這小身板……什麼?!你才十五?!毛都沒長齊的小鬼……酒我幫你擋了！……」

我在背後甩了甩手，沒理簌簌發抖的新娘和其他女眷，先把紅腫的手泡在冷水裡。

疼死我了。該死的無窮……護體真氣比金剛鑽還硬。

幸好號稱要擋酒卻先把新郎灌趴下的無窮玩夠了，確定我承認這樁荒唐的成親，就很樂的把衣服、洞房和爹娘還給人家，拉著我走了。

每次想到我是這樣嫁的人……都忍不住掩面偷泣，悲傷得不可抑制。

* * *

我知道無窮堅持要成親的真正緣故，已經是離開京城幾個月後的事情了。

……很感動，真的。我不知道在他眼中我的「相思成疾」，對他來說那麼嚴重……嚴重到他慎重其事的給我個正式婚禮，好確定我倆的關係。

但我也很囧，甚至哭笑不得。你說這個精神分裂的傢伙為什麼能把「細膩」和「缺心眼」揉合的這麼剛好……莫非這是變態的專屬天賦？

可我對他的感動，往往都不能維持太久。

我們離開京城半年後，偶然聽聞了蜀山要舉辦「百寶聚」。用白話來說，就是修仙者之間的露天拍賣……但真的是「露天」，不是網拍的那一個。

除掉成親那幾天耽擱，其他的時間我們都試圖在高山峻嶺的蠻荒之地找天材地寶。不能說完全沒有收穫，但不是我們要的收穫……我們一致認為，風生獸真的很希罕，但炮製和繁殖都太麻煩。是瞧見了幾隻肉芝……但實在太像人了，我不忍心抓，無窮看不上眼，都放生了。頂多就是尋了一些玉膏和墨玉，可不管製器還是入藥，對我太高級，對無窮又不起作用。

雖說在樂王府搜刮了八年多，該精煉的都精煉過了，卻還是缺幾味……其實種子就行，反正無窮有「百年剎那」那個大殺器。只是認得的人稀少，靠我倆去找無異大海撈針。

所以聽聞蜀山要開露天拍賣，我們真是大喜過望，匆匆忙忙的趕去了……交易還是比較快的，尤其是在無窮口中「資源耗竭」的啟濛（地球）而言。

現在我們使用的飛行法寶算是高級配備：一朵雲（不是筋斗雲！）。有個非常俗氣的名字：祥雲獻瑞。事實上是無窮某次撿骨行忘在儲物手鐲裡……因為太低檔。結果他奪舍重來，現在用剛剛好。

本體是團環繞霧氣的靈芝，古色古香。只是原本的名字既不可考，無窮取名字的才能又很低落……真白瞎了這樣美觀的法寶。

「不然妳說該叫啥？」無窮翻白眼。

我也跟著翻白眼，「照這種飛行速度……最少也要叫做無敵火旋風一代之類的。」

「鸞鸞，」無窮一臉感動，「真沒想到還有人取名字比我還糟糕。妳是故意這樣講安慰我的對吧？」

……我為什麼會喜歡他到嫁給他？我是不是有病？還是變態真的會傳染？

但真的不要被飛行法寶迷惑了，以為真的個個修仙者都是噴射機或轟炸機，沒那回事。據說御飛劍的速度可以跟直升機比，不過那是元嬰期以後的事情，飛太高還有被罡風撕裂的危險……飛太低可能撞山兼墜海。

總之，你想想哈利波特騎個飛行掃把就那麼高風險了，何況是御把小很多很多的飛劍……非有極佳的操控力不可。我操控力是足了……但還卡在心動中期紋風不動，使法寶？想都不要想。這個飛行法寶還是進元嬰後期的無窮駕駛的，我只是乘客。

所以即使有這年代最佳的飛行法寶，我們還是飛了三、五天才到。一路上，無窮很興奮的吹噓他們那邊的法寶拍賣，什麼都賣，什麼都不奇怪。

我聽聽也好奇起來，「欸，咱地球又不是只有中國地區……會不會外國資源更豐富？說不定以後我們該去外國參與拍賣會……」

「嗤，」無窮冷哼，「還輪得到妳講？我剛來就往中原外尋了……一個字，慘。中原還有剩些天材地寶，西夷早幾千年前就榨光了，只剩下一些遺跡……色目人比我們黑眼珠的移民早，只是法門不同，占據的星球也不同而已。」

我頓時啞口無言。若我把這些寫成奇幻小說回二十一世紀投稿，恐怕會被扔雞蛋罵妖言惑眾。

這是怎樣混亂兼世界（星系……）大同的宇宙設定。

等我開始有些暈機（暈法寶……），終於抵達了蜀山露天拍賣。

果然什麼都有，什麼都不奇怪。

我鐵青著臉看著台上一群美豔動人的少女……掛牌為「爐鼎」。

……終於明白啥叫爐鼎，原來我被無窮呼悠如此之久。

「『爐鼎』就是侍女，吭?!」我雙目噴火的看著無窮，覺得所有的血液都衝上臉孔。

無窮將臉別開來，眼神飄忽。台上的主持人還在口沫橫飛的解釋何謂「爐鼎」和這些「爐鼎」品相如何上佳。

原來，爐鼎就是供男人行房中術採補衝關的少女……

「陸無窮！」我怒吼了，「你這猥褻兼居心不良的傢伙！……」原來我們初遇沒多久，他打得就是這種猥瑣的主意！

他一臉受傷，「鸞鸞，妳怎麼這樣說我……我不是很負責任的娶妳了嗎？再說，妳這資質，當爐鼎還不夠一採呢……我怎麼可能這麼做？」

要不是被他那金剛鑽般的護體真氣怕到，我真想把他揍成豬頭。

後來我賭氣要去買男的爐鼎，結果缺心眼的無窮居然嚴肅的表示，地球修仙界是標準父系社會，沒得買，非回去慧極那邊買不可。並且非常真心的勸告我，爐鼎是逼不得已非常下策的衝關法，我還沒到那種急迫性。

「我們一起衝關嘛。」他認真到不行的說，「其實單方面採補眼前看起來似乎進度很快，實則基礎不穩。陸修寒就是太急於求成，才會搞到讓老二隨隨便便就奪舍的地步……其實呢，房中術是門博大精深的學問，要怎麼讓雙方有益無害，這些要許多準備和藥物，當然必要的……」

摀著他的嘴，我把他拖走了。因為附近的人都瞪大眼睛瞧著我們……即使是修仙者，在大庭廣眾之下大談房中術之利弊得失，還是恥力不足，沒那個臉皮。

被這些異樣眼光逼得，我都想尋馬里亞納海溝鑽了。

當我憤怒的對無窮抗議時，他嗤之以鼻。「這些人……大部分都不是童男了，還怕人講講。真是……」

我沒再出聲。跟外星人解釋何謂「恥力」……我想跟解釋何謂「fu」下場差不多。將來他一定會在最奇怪的地方用上，我又何必自找麻煩。

不愧是自古有名的修仙大派，蜀山劍俠不是小說家言而已。連他們主持的露天拍賣都規模宏大，禁制出好大好大的地方，起碼有萬國博覽會的規模……雖然我沒參加過萬國博覽會，不過意思到了就好。

即使我對人口買賣感覺很不舒服，但也不斷的提醒自己這是個歷史歧途的大明朝，這個時代沒有纏足已經是女性最大福音了……而且也不是只賣女人（爐鼎），也賣粗有修煉的男人當奴僕。

這個時候，我就特別懷念二十一世紀。

幸好販賣人口針對的都是散修客戶，所以在最外圍，走到裡面點就沒了。所謂散修，就是沒有門派的修仙者。真正有門派的修仙者通常都有不要錢又擠破頭的弟子，正統修仙門派和無窮的想法接近，對用爐鼎衝關斥為邪魔外道。

但是有公會……不，我是說，有門派的修仙弟子事實上有公會……呃，門派支援師資、藥物、法寶，所以不用「邪魔外道」的方法沒什麼問題。但散修無論什麼資源都取得不易，只好什麼邪魔外道的方法都試一試……

這些人口販賣，針對的就是人傻錢多的散修或修仙小家族。這些人都只能在最外圍的廣場擺攤販、逛地攤，別想進入有屋頂的大賣場（？）。

可無窮根本就沒打算在地攤區浪費時間。連我粗粗經過，都覺得無甚稀奇……在樂王府好東西看太多了。

但是我們想進入大賣場（？），就被攔了下來。對方跟我們要門派玉牌。用膝蓋想也知道，我們絕對沒有那種東西。不過蜀山方也很客氣，並不拒絕散修進去逛……只是會員卡有點難辦，得想辦法打響一個玉磬。

即使我這樣只到心動中期的菜鳥，也看得出那個煌煌生輝的玉磬是個寶器等級的法寶，而且是防禦型的。在我們之前有幾個散修信心滿滿的上去，灰頭土臉的下來……兩公尺半以外就被彈飛，不管是發功還是法寶，甚至造成幾起飛劍亂飛的誤傷。

主辦單位真的很盡責細心，救護組就在附近，有人受傷馬上一湧而上。

無窮觀察了一會兒，遲疑了，「鸞鸞，」他對我招手，「妳來吧。」轉低聲，「我先看看用幾分力氣，萬一打壞了，砸了場子，就不能進去了。」

我跟著遲疑，「……我行麼？」雖然說我也勉強能使飛劍了，還是複製送給無窮的玻璃心二號。但我從來沒跟人動過手，頂多打打假山太湖石……和無窮交手，我連半招都沒擋下過，讓我對自己完全沒有信心。

他上下打量玉磬，「妳盡全力試試。」

雖然覺得不太可能，但我還是驅動了一直偽裝成鍊墜的玻璃心二號。

一撞上無形的防護結界，毫無意外的碎裂了。旁邊的人群一陣轟笑，還有人很輕浮的說，「小娘子，心忒大了吧？心動中期就敢來？不如來哥哥門下，讓哥哥好好的疼疼，高興起來說不定指點指點妳……」

無窮只橫了他一眼，嗤笑一聲，輕語道，「只到靈寂的廢物……而且絕對凝嬰無望。別理他，繼續。」

我略感安慰，到底還是無窮了解我和我的飛劍。

玻璃心二號一次次的襲擊防護結界，越來越細碎……直到動盪整個防護結界為止。防護結界就是有這個壞處。對面的防禦很強（例如接觸面比較大的飛劍），點的防禦則有點吃力（例如接觸面相對微小的飛劍碎片）。當一口飛劍很容易擋下來時，上百點飛劍碎片就很難擋，會起波紋狀的共鳴。

這招呢，我取名為「夏雨」，潤物無聲。但控制一百二十個碎片就是我的極限了……操控力是夠了，境界不夠。

但一百二十個碎片激起的漣漪，就夠我化整為零的入侵防護結界內，火速彙集為一群，敲響玉磬一百零八聲。

望著還在玉磬周圍飛繞的玻璃心二號碎片群，我對自己搖了搖頭。境界還有待加強啊……才一百零八聲。有十二次打得快了重疊，節奏有點亂。

可我回頭一看，整場鴉雀無聲。我心底有點毛毛的。

「那個……」我小心翼翼的問主辦方，「我，做得不對嗎？」

那個挺清秀的小夥子愣愣的搖了搖頭。

等了一會兒，他還只是瞪著我發愣。「那、那……」我被他青得不好意思，「我……我拿到會員卡了……不是，我能進去了嗎？」

小夥子點頭如搗蒜。

「噢，我知道怎麼拿捏力道了。」無窮淡淡的說。他連自己的飛劍都沒拿出來，就使喚我還沒收回的玻璃心二號，在結界內強行彙總，直擊玉磬，發出驚天動地的一響……我發誓整個萬國博覽會……不是，整個蜀山流露天拍賣都聽到了。

小夥子慘叫一聲，一面喊著「師父師父」，就衝進去了。也沒說無窮能不能進去。

「哎呀，」無窮搔搔頭，「力道還是大了嗎？我很控制了……」

還沒搞清楚狀況，我們被包圍了……包圍進去發ＶＩＰ卡，據說什麼攤位商店都能打七折，每個店主都恭敬得要命，蜀山派的老人家還請我們倆去蜀山作客，問了一大堆基礎問題。

直到這個時候，我才隱隱的覺得，無窮……或者說陸修寒，還真是個修仙大咖。

＊　　＊　　＊

真沒有想到，明朝有那麼多的修仙者。

明明辦會員卡這麼困難（對別人而言），修仙門派據說也有固定名額……但進入大賣場（？）的第一印象是……喵低，我在台北過年時的迪化街嗎？

而且讓我更無言的是，這個歷史歧途的大明朝，修仙者已經很先進的擁有「專櫃」的概念……而且比二十一世紀進步很多！表面上看起來只有幾坪大，事實上踏入後，移步換景，往往曲徑通幽的往園林般的樓台而去，那個佈置，那個裝潢，我真想叫二十一世紀的裝潢公司來實習一下，不要老弄出只適合看、不適合住的房子……別忘了這只是商店！賣場！

我像個土包子一樣張大眼睛，脖子轉個不停，無窮還很不滿意的挑剔，「嘖，這麼粗糙的幻陣洞府也拿出來……侮辱人麼這是……」

我覺得，我被傷害到了。「喔，那請問怎樣才算精緻？」

「咱們住了五年多，妳老叫它水濂洞那個……」無窮輕描淡寫，「那是我隨隨便便佈置的茅草屋等級幻陣洞府。」

……我決定不要再跟他講話了。反正我就是這麼笨，幻陣我就沒學會過。

「陸修寒也學了五個月才會。」無窮試圖安慰我。

但他的安慰總是很傷人……幻陣我學了五年還佈不出來。我恨天才這種宇宙洪荒外星人的種族。

能到大賣場（？）擺專櫃的修仙者都是比較有實力的。有實力就更有機會發掘（或搶奪）到更多資源。不過無窮幾乎都只掃一眼就往下一個專櫃邁進，連我都只顧著看園林不怎麼注意貨品。

我承認他們的法寶啦、丹藥啦、心法祕笈啦……都包裝得美侖美奐。但我們要愛護地球，不要過度包裝產生垃圾。

就算包得很漂亮，還用園林庭景襯托……坦白說，大部分都很普普。是我境界實在太低，涵養不足，不然我自己打造的下級飛劍都比他們實用。

真正想要的藥材或種子，反而尋不出來……誰知道在什麼角落，這個萬國展覽館般龐大的大賣場，尋找什麼都很沒效率。

「……我想念網拍。」我有些沮喪的說。

「網拍是啥？」無窮很有好學精神。

我跟他解釋何謂網拍，這個外星人偏了偏頭，「有類似的啊。我早查過了。可能他們不認識那些種子藥材……所以才在大海撈針嘛。」

我瞪大了眼睛，「……在哪？」我的聲音都拔尖發顫了。

結果無窮把蜀山派發給我們的ＶＩＰ卡——澄澈透青翠的小玉牌——扔給我，「妳把神識探入……集中精神想種子名稱。」

……關鍵字搜尋?!我真的在大明朝嗎?!

我原本就可以操控多道神識，也習於用神識閱讀mp3……我是說，閱讀玉簡。這跟閱讀玉簡很相似，只是我從來沒想過這些可以關鍵字搜尋……而且成功並且栩栩如生的出現在腦海中。

很暈，我很暈。

原來我們以為的科技進步，事實上只是另一種復古啊……

「找不到對吧？」無窮嘆氣，「所以只好一家家走訪看看……說不定堆牆角蒙灰塵的無名種子就是我們要的。」

「……可以徵求嗎？」我決定拋棄把大明朝修仙界當成古舊歷史的不當想法，越現代越超前就對了，「有沒有那種留言板，我們把我們有的放上去，然後告訴他們大概的形狀……讓他們聯繫我們換物？」

「咦？對欸。」無窮一拍腦袋，「我跟凡人混在一起混太久了，忘了這些都是修仙者。我發個廣域心傳……」

他閉上眼睛，然後連我都收到玉牌的微微震盪，神識裡就多了幾條訊息。無窮居然在這麼短的時間內就把我們擁有的符（我畫的）、動物（那對風生獸……）、植物（百年剎那裡頭被他嫌棄是野草的數百年人參……）、丹藥（我已經吃到藥性疲乏不起作用的培元丹）列成整齊的清單，交換數種形狀各異的種子或藥草。

……這是全站廣播啊!!而且是全站洗窗型廣播！不不，這是手機群體簡訊，地圖型無差別發送。

誰跟我說二十一世紀科技發達我跟誰急……人家大明朝的外星修仙者早就發達到突破天際要碎裂虛空了！

「嘖，生意太好很麻煩。」無窮搔頭，「咱們找個地方喝茶好了，我處理一下這些千里傳密……」

我身為二十一世紀現代人的優越感，如秋風掃落葉般淒涼的枯萎了。默默的跟在無窮背後進了精緻絕倫的茶樓，捧著茶碗看迪化街般的大賣場街景，等他半闔著眼睛多工作業的處理密語。

都不知道該說什麼才好了。eBay？有了。搜尋引擎？有了。手機？人家不用電池、不用實體，光發功就可以多線通話兼開線上會議……

科技發達個鬼啊?!走科技路線真的正確嗎?!

等他整理清爽了，回頭看我一臉鬱悶，大奇道，「怎麼了？難道是我疏忽妳妳不開心？鸞鸞，我真沒想到妳愛我愛到連一點點疏忽都鬱鬱不歡……」感動得上了好幾個濕漉漉的親親。

……這是大庭廣眾啊大哥！

我趕緊把他的臉推開，火速的轉移他的注意力兼發洩我的鬱悶和不解。他專注的聽了好一會兒，不懂的就問。現在我們能以神識相溝通了，速度快很多。不然用講的三年也講不清楚。

「鸞鸞，妳錯了。」無窮一臉凝重，「照你們那世界的發展下去……修仙者都要遭殃了。修仙者天賦資源歲月一樣都不可或缺……妳看街上人好像很多，但這是整個中原連帶西域、諸島所有修仙精英的集合欸。妳想想該有多少凡人才能產生這麼一丁點修仙者……可是你們時代用不著修煉，不需天賦、歲月，就可以用『科技』一代代堅持研究累積下來達到修仙的效果……這很可怕、很厲害！」

但變態就是變態，無窮一點恐懼都沒有，反而躍躍欲試，「我期待啊，真的好期待……五百年後是吧？我們一起努力，五百年後跟所謂的『科技』較量個高下……原子彈是吧？咱們跟原子彈比賽誰能先炸沉廣島……」

我後悔了。

就不該引起無窮的興趣……他比中子彈還可怕很多啊啊啊啊～就算是歷史歧途，我會不會親手毀滅了二十一世紀的地球？

絞盡腦汁，我才苦口婆心的勸止了他宏大的願望。大人不該欺負小朋友，就算小朋友手裡拿著ＢＢ槍。修仙者歲月無盡，更不該跟短命的凡人爭著炸島。

他很勉強才答應了，一臉失落。抹了抹額頭的汗，我的後背全濕了。

雖然不能和原子彈比賽炸廣島，無窮的沮喪倒也沒有維持太久……大約維持到我們離開茶樓，準備去見某個據說擁有許多種不知名種子的修仙者。

你知道的，高人都喜歡耍神祕……尤其是那種要高不高的。不過無窮覺得他手中的種子可能有離緣草，所以想去確認。跟他的目的相符合時，他是很和藹可親的。

但這不是他心情多雲轉晴的緣故。

而是我們一離開茶樓，他就微微笑了起來。「有人跟蹤咱們。」他低低的傳音，「而且我認識他……不過他大概不認識現在的我。」

我張大眼睛看著他。

「我剛來那會兒……」他語氣很歡的說，「有群修仙者想打劫我……結果被我打劫了。」

……打劫別人有那麼值得開心嗎？不要說得一副很驕傲的樣子。

「那時我還是元神化形，現在已然奪舍，和以前不一樣……他絕對認不出來。」

「……所以？」

無窮低低的笑，「等等他應該會神祕兮兮的湊過來，說他有幾件寶貝要賣……然後給我們看件好東西。」

果然，我們一轉到冷僻些的巷子，就有個仙風道骨的道長，很和氣的稽首，

「無量壽佛，兩位就是無窮仙侶麼？貧道有幾件法器，還不算粗陋，不知道能否請賢伉儷品評一番？」

……真的跟無窮說得一樣。那個道長還真的拿出一個不算壞的玉環，在地球修仙界算上品了。

「狗改不了吃屎。」無窮傳音，滿面笑容的說，「好呀，承蒙道長看重，愧不敢當。不如到在下的宿處一觀？」

道長謙辭，卻力邀我們去他落腳處，說還有幾件寶貝，並且想跟我們交流一下。

「頭回兒，他們會讓妳占點小便宜。」無窮繼續傳音，「然後混熟點，就趁妳不備下黑手打悶棍。」

「……那我們還自投羅網?!」我大驚失色。

「他們的東西可都是好東西。」無窮牽著我跟在那個詐欺道長背後，「這不叫自投羅網，是他們引狼入室。」

……為什麼你說這等放火搶劫的事情如此理直氣壯？

這群騙子的住處，事實上就是個幻居。說淺白點，就是攜帶型洞府。不過我們二十一世紀頂多能攜帶個帳篷，人家修仙界大明朝就能帶個別墅外出旅遊……凡人跟修仙者是不能比的……我只能這樣自我安慰。

但這個攜帶型洞府，卻是個隱隱帶著殺陣與幻陣的法器，不像其他商店還只有防禦和驅逐。

「感覺不太好。」我拉住無窮細聲傳音，「別進去吧？」

「放心，」無窮堅決的把我扯進大門，「不入虎穴、焉得虎子……何況是群紙老虎。」

「可他們……幾乎都是靈寂頂！」我焦慮了，「我才心動中期，會拖累你……」

「呵呵。」無窮只笑了兩聲，毫不猶豫的帶我邁進險境。

我很焦慮不安，無窮幫我解釋，「內人一直養在深閨，非常內向，讓諸道友見笑了。」

藉著袖子的掩護，我偷偷擰他的手臂……擰到我手指發疼，也沒動到他一丁點兒。而且我也不懂，明明這些人都不懷好意，為什麼無窮還偽裝得跟我境界差不多……都是心動期。

如果我不是深知他的底細，我也會以為他是個彬彬有禮，純良謙讓，境界不太高但寶多人傻的散修……因為他的誤導，所以每個人都死盯著我偽裝成墜飾的玻璃心二號，把我盯得發毛。

一群傻逼。無窮隨便說說，他們就隨便信信。還以為我這把三流飛劍是什麼上古傻瓜寶器……誰都能用，所以我們兩個心動中期的中古新手才能打響玉磬。

我猜是我太不會演戲，太戒備，所以這群騙子也焦慮起來。

無窮很不滿的傳音，「配合一下嘛，放長線釣大魚。」

「我不要。」我很乾脆的拒絕，「咱們還是快走吧……成天想著打劫別人是不好的……當心終年打雁，讓雁啄了眼。何況我境界這麼低……」

「嘖。」無窮發牢騷，「這樣太不斯文了。再說，妳一隻手就能打發他們全部。」

我還沒琢磨過來，無窮秀了秀一個儲物手環，原本還在勸誘我交出玻璃心二號的詐欺道長沒了聲音，所有的人都靜悄悄的。

「……你……?!」詐欺道長厲聲，氣得手不斷哆嗦。

「就是我。」無窮點頭，「歹路不可行啊。幾十年前咱們還見過面了……欸，你們還是這麼四個啊？這些年幹了幾票了？見面分一半啊。」

「無窮……那是?!」我的臉都白了。

「嗯，從他們那兒拿來最好的法器。」無窮不傳音了，說得每個人都聽得到。

結果當然是很混亂。連詐欺道長在內，他們剛好二男二女，一起掐訣使法寶運飛劍，沒頭沒腦的打過來。

……上次無窮應該把他們坑得非常慘，幾十年過去了，記憶猶新。

大叫一聲，我根本是反射動作的掏出一把符飛撒，倉促間佈了一個簡陋的防禦陣……但簡陋成這樣，這些騙子品質不錯的法器和飛劍居然被擋了下來。

「沒錯，就是這樣。」無窮滿意的點頭，「決定就是妳了，上吧！鸞鸞！」

……我沒事幹為什麼要告訴他神奇寶貝啊?!

「我只有心動中期！」我慘叫著飛出玻璃心二號。

無窮兩手一攤，「他們除了人多和很低的境界，什麼也沒有。」然後……就袖手旁觀了。

我根本沒機會再罵無窮……因為四個人一湧而上，我這嚴重缺乏經驗的「神奇寶貝」左支右絀，差點沒擋下來……但是挨了幾下法器和飛劍，換我摸不著頭緒了……居然連我護體真氣都沒能動到。

真的很迷惑……他們明明是靈寂頂，差一步就凝嬰了啊？

越打我越不解，這四個傢伙在幹嘛……招式花俏好看，掐訣念咒那一整個氣勢磅礡……然後就威力甚小。

又不是視覺系跳舞唱歌，要那麼好看幹嘛？飛劍還帶殘影與星星的……但是慢得一招內，連我這種新手中的新手都能指揮砸碎的玻璃心打他個幾十次……還是四個都打。

「他們的好東西都是偷蒙拐騙來的。」無窮在旁邊說風涼話，「境界不好好穩固，法器也不好好琢磨，又不多吃點丹藥。妳看看妳看看……嘖嘖，空有靈寂頂有什麼用？有力氣不會使。」

這群騙子的表情倒是挺精彩的，我發誓有人噴了半口血，只是強忍住。

但無窮真不是個好東西。我都把他們打敗逃離了，他硬是一個個抓回來禁錮兼下藥，慢條斯理的逐個劫掠一空，連人家的攜帶型洞府都沒放過。

於是四個昏迷兼禁錮的靈寂頂騙子集團，倒在小巷子非常可憐。除了一身衣服，什麼都沒有留住。雖然我阻止過他，但也沒有成功……他對搶劫是非常嫻熟而且世界大同的，境界不是問題，性別更不是壓力。男的搶，女的也照搶。

「……你在我面前亂摸女人！」我好不容易才在震驚狀態擠出這麼個虛弱的理由好指責他。

但心情豔陽高照的無窮非常和藹可親，「鸞鸞，好的，以後我一定改……女的留給妳搶。」

啞口片刻，我弱弱的回答，「我可以說不要嗎？」我不想讓我媽知道我最後成了搶劫犯。

「當然可以。」無窮很大方的答應，「不過我最近剛複習了迷魂術……照我們的境界差，應該可以讓妳『自動自發』的搶女人。妳看，迷魂術並不違反『不下毒、不禁錮、不封陣』的三不原則唷。」

……我不要跟他搭檔當鴛鴦大盜。我媽雖然有點不太正常，但一直要求我當個堂堂正正守法的好公民。

結果死纏爛打兼據理力爭之下，只爭取到他的「不主動打劫」。

突然覺得，我很對不起我媽。

* * *

如果說這次蜀山露天拍賣什麼讓我印象最深刻……那就是修仙者的治安比正常人差勁很多。

除了那個跟我們換種子的怪老頭是公公正正的做生意，其他私人約見的，十個有六個想詐騙，兩個想趁機打劫，剩下的想要騙財兼騙色。

「散修修煉不易，」無窮倒是很體諒……並且很開心的清點戰利品，「資源爭奪得厲害。想更上一層樓，只好偷蒙打劫。」

……我只能自我安慰，打劫歸打劫（無窮堅持是以其人之道還治其人之身），最少沒殺半個人。

「殺孽太重於修行有妨害，將來度劫不容易。」他很仔細的講解，「而且這圈子就這麼大，留著他們的命，幾十年上百年後還可以找他們再次收割……省多少力氣。」

……我們之間的道德觀，有很遼闊而且深沉的代溝。

好在無窮雖然是個土匪，卻是個有原則守信諾的土匪。他答應我「不主動打劫」，那個賣種子的怪老頭公平正道、合情合理的做生意，他雖然看著人家的貨眼紅，蠢蠢欲動，還是乖乖掏出大把贓物購買了許多藥草種子。

那個怪老頭原本是個採藥人，誤食仙草，結果全身長遍白毛，兩耳翻轉，看起來簡直像是個白毛猩猩，和其他溫文儒雅、飄然若仙的修仙者實在不能比。

但這位猩猩老伯伯，卻非常嚴肅的看貨講價，一點壞念頭也沒有。他就真的是完全的嗑藥流了，自產自銷……我是說自己種自己吃，跟植物混得太熟，無師自通的學會和植物溝通，並且能夠驅使。

無窮對於這樣正直樸實的修仙者非常沮喪，出盡手邊所有的贓物和倒貼一雙風生獸，悶悶的反打劫，好設法在露天拍賣期間，盡量跟他換種子和藥苗。

「噢，我真討厭好人。」他牢騷滿腹，「尤其是正直的好人。連要找碴都沒處找起。」

「我可打不過他。」我很乾脆明白的拒絕了。不要小看這種自修的嗑藥流，人家都快活滿一百個世紀了，只是低調而已。真正的植物之王，猩猩老伯伯經過，從大樹到小草都要低頭行禮。

無窮認真的考慮了一下，「……他那些蝦兵蟹將……我是說他的草兵樹將太煩人了。而且都是活的，不好燒，也難淹死……打起來不符合經濟效益。」

……敢情你還真的考慮過打劫這件事情？

沒想到修仙界這般弱肉強食。真把我美好的想像全毀滅了。

連那些自詡名門的修仙大派都不是什麼好東西，天天遊說我們倆加入，還試圖跟無窮把我買下來……

買下來?!

「這時代的女人沒啥地位嘛……老婆都能買賣。」無窮漫應，大概看到我面色不善，趕緊補救，「當然，他們看錯了我。就算鸞鸞再怎麼值錢，我也絕對不會賣的……反正他們也沒有我要的東西。」

我撲過去掐他的脖子。

結果當然是沒能掐死他，反而我的手指脫臼了兩根。但我這麼明白的表達了自己的立場，並且附帶冷戰了一天一夜，無窮終於把他的餿主意吞進肚子裡。

因為蜀山拿出他想要的葛絲藥苗，條件就是買斷我十年在蜀山製器。但他想都沒想就拒絕了，讓我的臉色好看了一點點。

事後，他遲疑的開口，「其實，我們可以先把葛絲藥苗騙到手……」隨著我的瞪視，他聲音越來越小，「呃，我想我們去找白毛老頭兒就好，他那邊一定有。」

瞪到他有些瑟縮，我才慢騰騰的開口，「蜀山是地頭蛇，不好太得罪……而且騙人是不好的！」

「是是是。」他唯唯諾諾。

「反正凝練法沒什麼不好教，」我語氣放緩，「問他們肯不肯用葛絲藥苗來換。」

換他詫異了，「……妳願意？但是……凝練法已經失傳很久很久了……連慧極那兒會的人都很少，成功率也不像妳這麼高……這可以說是妳獨門製器心法！」

……獨門？我苦笑了。讓人知道我是從捏陶和吹玻璃瞎摸出來的，不知道有多少高人會吐血。

「無窮，」我凝重的說，「做人要光明磊落，不要沒事就想打劫人。」

不過，我猜他已經過了最佳的教育黃金期了。所以我的苦口婆心用處很小。

他發函給各大門派，公開拍賣凝練法。用一種土匪加強盜的高價，拍出去了。

頹下雙肩，我在想，我們的道德觀「畢岔」的這麼厲害，婚姻不知道能夠維持多久……？

但我不敢想像離婚的後果。

「嫁雞隨雞，嫁狗隨狗。」白毛老伯伯語重心長的說。

蜀山露天拍賣進入尾聲，到了壓軸的大拍賣會。但這該死的大明朝！女人居然不能進入拍賣會！

無窮把我寄放在白毛老伯伯這兒，就興沖沖的趕去了。

「……他不是個君子。」我沮喪的喝著白毛伯伯煮的清心茶。「我不懂，為什麼我會喜歡他，還嫁給了他？他甚至不是個好人！」

「修仙的還有好人？」白毛伯伯聳肩，「妳家夫君不壞了。修仙的通常膽小怕死，自以為是，遇強則諂，遇弱則凌。誰讓天材地寶就這麼點兒？」

「……伯伯，你自己要當心點。」難得看到好人，我還是忍不住多嘴了。

白毛老伯伯呵呵笑了兩聲，「老兒不管閒事不惹禍，寶多人不傻。」他眨了眨眼，「該傻的時候傻過了，沒死就學乖了。丫頭，妳真不像個修仙的……」

他沉吟了一會兒，「妳這心性，不似個道士，倒像古楚巫。」他隨手扔了塊石牌給我，「這和老兒的路數不同……妳沒事琢磨著玩兒吧。」

雖然白毛伯伯外貌異於常人，但比任何修仙者都高潔多了……這樣的人成仙才是該然的。

如果忽略掉試圖入侵的傻瓜被巨蛇般的藤蔓甩得慘叫，被霸王龍似的大樹追得哭爹喊娘，這真是個靜謐愉悅的下午。

後來我送了白毛伯伯一個「保溫瓶」……當然，製器的手法，但用法和二十一世紀的保溫水壺沒啥兩樣。只是這邊只有寒玉能夠保持零度和新鮮，想喝口熱水都得起爐……我覺得煩，所以弄了這個。比較特別的是，保溫之外，還能保鮮。

白毛伯伯意外的高興，「終於終於，有些生於真火之中的藥草不用立刻開爐啦！這法器好啊！丫頭果然有天賦……」

我很想說不是那麼用的。但想想起碼可以保存熔漿……隨便了。所以我又多送了他五個，湊半打。

這位很講公平的老先生喜壞了，硬塞了我兩簍珍稀藥材……還有一株認主的食人花。我很尷尬的告訴他，這半打法器叫做「保溫瓶」，他還稱讚名字取得好。

那株食人花其實挺小的，可以托在掌心，長得有點像迷你向日葵，跟她講話還會搖曳生姿，都把我逗笑了。

白毛伯伯要我插在髮髻上，多晒太陽，晚上記得澆水，就可以一直保護著我。

當時我還不懂，直到無窮接我回去，照著他喜憨兒的模式緊緊抱住我……

然後我們就看到「食人花大戰陸無窮」。那棵變得頂天立地的食人花好幾次把無窮吞了半個身子。

在食人花被扯掉一半花瓣，無窮髮亂衣破，對掐得氣急敗壞之際，過度震驚的我才想起怎麼制止食人花……

「阿花，睡覺！」我厲喝。

保持著對掐狀態，七零八落的巨大食人花發出鼾聲……垂下花朵睡著了。

發狂的無窮要燒掉食人花時，我笑軟了手腳，差點沒拉住。

白毛伯伯實在太高人、太有創意了。

無窮很激動，非常激動。而且很兇，非常兇。雖然說修仙者都內建翻譯米糕之類的，語言上都沒什麼問題……但他氣得用母語了，所以我聽起來是慷慨激昂的「~!@#$%^&」，想也知道他在罵人，而且一定很難聽。

以前我一定嚇得要命……但都相處這麼多年了。所以，嗯，我很知道怎麼對付怒火中燒的他。

從儲物戒指裡頭掏出揀妝盒，我用最無辜的表情，最溫柔的聲音，說，「無窮，你的頭髮亂了。哪，我幫你梳一下，好不好？」

他瞪著我，依舊怒髮衝冠，模樣非常嚇人。我想他這麼個元嬰後的「高人」讓朵花逼得這麼狼狽，一定很傷害他的自尊心。

我盡量保持著無辜的表情，「嗯？好不好？我幫你梳一下頭髮。」然後用力眨眼睛，想辦法眨紅眼眶。

「……不好！」語氣還是非常不善，但他氣呼呼的在椅子上坐下來，「先讓我燒了那株雜草再說！」

「先梳頭髮再說嘛……」我賠笑著，把搶到手的食人花先扔進戒指裡的玉瓶涵養一下，取出象牙梳，梳沒兩下，他就垂下眼簾，呼吸漸漸平和下來。

他的頭髮，真的很漂亮，像是一匹烏黑純粹的絲緞。幫他梳頭的時候，我端詳著他完美的側臉。

我媽媽很迷野村萬齋飾演的陰陽師，我家有正版ＤＶＤ，沒事我那陰森森的媽媽就在螢幕前對著萬齋桑發花癡。雖然會陪著她看，但那時我年紀還小，正是最仇恨男人的時候，還有個美感麻痺的毛病。所以，我媽在一旁冒愛心小花，我在旁邊吃爆米花。

但這個角度看著無窮的側臉，真像是萬齋桑飾演的安倍晴明……尤其是他散髮準備扮巫女前那段。

只是無窮更精靈、更澄澈透明些。

修仙者通常都男的俊女的美……畢竟五官不要太離譜，一到築基，通常都會漸漸往生理完美進化。比無窮好看的修仙者其實很多……但我都沒什麼感覺。

可他這樣低著頭，半垂眼簾，卻讓我這個吃加味嗑藥流的修仙菜鳥，湧起憐愛夾雜著溫柔的情感，心裡酸酸軟軟的，耐心的解開髮結，小心翼翼的梳著他的長髮。

真沒想到，道德觀這麼扭曲、這麼土匪的傢伙，讓人梳頭時，會流露出這麼脆弱純潔的表情……

讓人很想很想……保護他。

失算了。幫他梳理長髮的時候，被安撫的不只是他……連我自己都中招。

「白毛死老頭。」他含糊不清的咕噥著，語氣很委屈，「送妳那棵草不懷好意。」

「只是多個保鏢而已……」我輕聲哄著，「我會把她教好的。」

「她咬我！」無窮更委屈的指控。

我真是作繭自縛。太高看自己對無窮美貌的抵抗力，以及他純真的殺傷力。我都快想毀滅食人花了。

情難自禁的，我從背後抱住他，下巴擱在他頭頂，輕輕勸誘，「無窮……讓我養阿花嘛，好不好？你看我境界這麼低……很需要保鏢的。」

「白毛死老頭那種等級是很少很少的……他就仗著那堆破草爛樹。」無窮咬著唇，我要被美色淹死了，「甭管別人境界高到破表，妳是我教出來的，絕對可以橫著走……不需要那朵破花！」

「無窮……」

「我會保護妳！」

沒辦法。我抵抗力很薄弱，所以只好開大絕。放下梳子，我轉到他面前，捧起他的臉，給了他一個……嗯，很具深度的吻。

後來我抵著他的額，輕喘的問他，「……我能養阿花不？」

他喘得比我厲害……喵低，我被迫修仙這麼長時間，吃了幾百罈加味丹藥，此刻卻衝動得差點兒就沒繃住把他撲倒。

「好、好吧。」他嘟囔著尋著我的唇，「她再咬我，我就把她撕爛……還有鸞鸞，妳不要這麼看我……」聲音漸漸嘶啞。

「好。」我趕緊把眼睛閉起來。

「不，妳還是這麼看我吧，鸞鸞……」

幸好我們理智都沒逃逸個乾淨，所以還是繃住了。情欲真是洪水猛獸，幾百罈加味姑嫂丸……我是說加味丹藥（無窮大約有幾千幾萬罈），都沒能築起真正堅實的堤防，在天時地利人和的加持下，差點兒沒能撐到衝關。

這大絕太殺了，不分敵我無差別攻擊。

最後我維護了阿花的生存權，但又被迫吃了幾罈子的丹藥……打嗝都是藥味。反正在露天拍賣買到不少種子，而且我敢肯定，我和無窮的加味恐怕加到破表。

不過阿花根本沒體會到我的苦心……跟無窮的感情非常差勁。偶爾我放她出去獵食（她是肉食性植物……），她會故意找無窮的碴，結果……都是兩敗俱傷。

我承認，真的承認這株血統是蠻荒遺種的肉食性植物非常有靈性、非常殺，都能跟元嬰後的外星人打個勢均力敵，這還不殺嗎？

而且也如白毛伯伯所言，對五行法術的抵抗力非常強，附帶強悍的再生能力與物理攻擊力，無窮大概要突破元嬰後，抵達出竅期才能真正制服她……

但我真不知道什麼地方出問題。阿花對我的指令都能明確了解和執行，平常時和藹可親，甚至可以在凡人孩童的掌心跳舞娛樂大眾，完全能理解哪些東西絕對不能夠吃。

只有無窮，她大小姐理解不能，發揮百分之三百的敵意。

所以只要無窮在場，我都只能喊，「阿花，睡覺！」然後趕緊插在髮髻上讓她睡眠行光合作用，免得天搖地動、波及無辜。

我對自己的命運悲嘆不已。你說看看，老吸引不正常人類也就算了，前世美麗陰森又少根名為「邏輯」筋的老媽，此世喜憨道德觀扭曲又土匪的無窮……我認了。

為什麼養棵植物也這樣選擇性的暴衝……我真不懂這算是什麼命格。

不過，大概無窮心底留下陰影了。想想看，所向無敵慣了，連本尊陸修寒的元神都讓他吞了，居然栽在一朵花上頭。

所以跟我親熱的時候，瞥見插在髮髻上沉睡的阿花，他會滿臉厭惡的抱怨，「我真討厭妳那朵破花。」

「……沒關係。反正她也討厭你……只討厭你。」我有些疲倦的說。

「……」

沒有爆發「無窮哥吉拉大戰阿花摩斯拉」的主要原因是……無窮實在太忙。

因為在露天拍賣他終於蒐羅到許多種子或藥苗，整天忙著玩開心農場……我是說百年刹那，選了雲夢大澤的遺跡中心所在，非常忙碌的閉關煉藥了。連在最終拍賣會買給我的新婚禮物，都等一年後才想起來送我。

真是非常華麗，銘刻無數金銀糾纏咒陣，閃閃發亮的……一對手指虎。

我猜，有人不知道什麼叫做手指虎對吧？這是一種套在手指上的攻擊武器，基本上是套在除了拇指以外的四個手指，方便握拳以後，拳面的厚實鐵片可以有效打擊對方，比肉拳好使多了。

在中華民國的法律，持有和販售手指虎是非法的。根據《槍砲彈藥刀械管制條例》詳載，手指虎是為刀械類的一種（第四條），非經中央主管機關許可，不得製造、販賣、運輸、轉讓、出租、出借、持有、寄藏或陳列（第五條）。

（以上摘自維基百科）

在二十一世紀，連黑社會都很少人擁有唷。而且是法器欸！能夠將些微法力轉入這個閃亮亮的手指虎後，轉化為巨大物理攻擊，可以輕鬆開碑裂石，隨便打破誰的頭蓋骨唷～☆

……

誰會送自己可愛柔弱的妻子這種新婚禮物啊？？？！！！（翻桌）

看著滔滔不絕講解手指虎種種妙用的無窮，我暗暗握緊拳頭，就算不用手指虎我也想讓他的頭蓋骨通風點，反正已經有黑洞……

「……喜歡嗎？鸞鸞？」他滿臉期待的看著我，表情純潔又無辜（稍微揉合一點變態），「反正妳法術學得那麼差勁，還是從物理攻擊著手好了……」

他總是可以輕易點燃我的怒火……但是他關切溫柔（又詭異）的純真，卻讓我想起我媽……和我媽送我的成年禮。

我二十歲的時候，陰森美麗又少根筋的媽媽，送了她自認很實用的禮物：一套防狼工具。

包括了一罐辣椒噴霧劑、一個電擊棒、充電器……一根短皮鞭和一只手銬。

指望不正常人類能邏輯正常的送禮物，本身就是一件不正常的事情。他們也是很體貼、很真心的認為這是最好的……即使他們的大腦迴路時常冒火花。

所以我啞口片刻後，無奈而溫柔的道謝，忍耐了無窮很多個濕答答的口水吻。

「無窮……你是不是有什麼事情忘了跟我說？」我試探著問。

「沒有啊。」他笑得一臉陽光。

太假了這。

但我沒戳他，由著他繼續緊張忙碌，有時候會慌張的從藥室跑出來亂找，找到就緊緊的抱住我，大聲喝斥為什麼亂跑……一面應付我還來不及叫她睡覺的阿花。

我覺得男人很笨，真的很笨。以為只要不說，老婆就什麼都不知道，能夠蒙昧無知的幸福生活……才怪。

自從露天拍賣會不久以後，有天無窮突然從入定中驚醒，差點走火入魔，就開始變得這樣慌慌張張，倉促急迫。

坦白說，就修仙的角度而言，本為發源地的啟濛（地球）衰落了。資源匱乏和許多心法傳承在移民和歲月中散失，導致修仙界的停滯甚至是退化。境界就算超過外星人和外星人的徒弟兼老婆，有力氣還是不知道該怎麼使……甚至許多飛劍和法器的使用手冊都遺失殘缺了。

地球修仙界，就像是個滿是草魚的大池塘，無窮和我，就是兩條外來種的食人魚。個頭雖小，但地球修仙者再怎麼厲害只能算是草食性，而食人魚，是肉食性。

當初在京城惹事，地球修仙者死了多少人才勉強耗盡元嬰不久的無窮啊……

我想，無窮一定很了解這種狀況，所以他一直很從容不迫。會讓他這樣慌張急促，大概是……這個草魚池裡，不是只有我們兩條食人魚而已。

別忘了，他們家的老二也在地球潛伏養傷中。

我猜，他們雖然已經裂靈，宛如扦插分株，但同卵雙胞胎都可能會有神祕的心電感應，同個靈魂分裂出來的元神們，大概也能有某種模糊的接觸吧？

只是男人真的很笨。他一沉醉在百年剎那和煉藥的時候，根本就是三重苦狀態，恐怕等他回神，我墳上的草都比他高了……居然還敢不說實話。

算了，不跟他計較。

看著他一臉討好的送上幾罈子丹藥（總是優先煉我用的），緊張兮兮的往我身上繪符塞玉簡，看著他越發澄澈精靈的臉龐，我都會這樣想，算了。

誰讓他那麼愛我。

再說，保護心愛的人，又不是男人的責任而已。

我學道，的確很笨拙。認識無窮十六年整了，我跟吃花生米一樣填了十六年珍貴的丹藥……才勉強踏入心動後期，離靈寂還有一步之遙，差凝嬰整整一個境界多。

但是白毛老伯送我的楚巫簡，我只摸了一年多，就摸出竅門，進步神速。後來我突破進靈寂，就是因為我循著巫門方術，用雲夢大澤遺跡附近幾個村莊布陣，莫名其妙的升級了。

我沒辦法很清楚的說明巫與道的關係。無窮的解釋很簡單，道有一千八百種法門，巫是當中一門，只是難求正果。

但我覺得不是那樣。

道門，其實就是理解天地萬物的規則，然後為己所用，環繞的，是「本身」。巫麼？巫的第一門課是「敬畏」。敬畏天地萬物的規則，服膺渾沌，環繞的，是「大道」。

我學道學得很差勁，因為我本身對「規則」就很遲鈍，總是不小心就脫離規則，所以我學道不是靠理解，而是用幾百幾千泡菜罈子的丹藥硬堆上來。但是巫，卻很簡單……對我而言很簡單。

我臣服，我祈求，我順應。大道就會在不違反平衡的狀態下，君臨、回應，並且將規則借予我。

就是這麼簡單。

所以沉眠的雲夢大澤君臨回應了我，借予規則讓我將幾個村落納入保護中，成了天然的巫陣，也讓位於陣眼的攜帶型洞府，我和無窮臨時的家，得到了保護。

但我把這麼簡單的道理解說給無窮聽……很悲傷的發現，他的眼底和腦袋，環繞著太陽系和金星，完全聽不懂。

我很生氣、無奈。

男人，真是有夠笨的了。

* * *

我們在雲夢大澤遺跡附近滯留的時間比我們想像的長……足足十五年。也不是有什麼特別緣故，而是無窮藥嗑夠了，內傷養好了，境界超過，非閉關衝等不可了。

一開始，這個喜憨兒還硬壓抑著抗拒，短短的入定就會掙扎著醒過來，甚至有幾次差點走火入魔。

等我領悟到他是害怕一閉關就失去我……不禁啼笑皆非。

「無窮，你不懂女人。」我無奈的說，「不過不懂也好……你只要知道，我絕對不會離開你就行了。」

他焦躁的抱著我，「妳為什麼不用功點？這樣我們可以一起閉關……都是妳不用功，琢磨啥勞子的巫才會耽誤……」

「停！」我嚴肅的阻止他，「無窮，我和你不同。你修煉過，現在只是複習然後恢復。而我不是……我們資質高下相差很大。我不想跟你吵架，所以你不要說傷害我的話。」

他繃緊了臉看我，神情很可怕。

但是，我已經不會害怕他了。修仙本身是一件很寂寞的事情。我漸漸明白，為什麼修仙者通常冷漠無情，不染世俗。因為……修仙者也是人。

閉關入定，往往十年有餘，百年不足。等出關的時候，壽命短暫的凡人親友故舊往往只剩墳土一堆，運氣不好的道友也失敗歸於輪迴。

往往只能一期一會，再見無期。不想時時受到這種死別的痛楚，就得學會淡漠冷血。

他的眷戀不捨與恐懼……是陸修寒沒有過的經驗，他無從參考，所以惶然。

但男人真的是很笨，非常笨。我跟他相處十幾年，他還是不夠了解我。我並不在乎他像個植物人似的入定幾十幾百年，我自己會打發時間……說不定琢磨透了我自己也會入定，雖然照我的資質可能性很低。

可為了他睜開眼睛時能看到我，我會大把大把的嗑藥，努力用功，並且把家看好。

只要他心裡只有我就行了。

聽起來很笨拙愚蠢吧？但女人心底真正的願望，就是這麼單純愚蠢啊。

朝朝暮暮算什麼，一生一世一雙人才是王道。

等我心平氣和的跟無窮解說了想法，他抱著我很久，將臉埋在我的頸窩。

「……他傷好得比我想像得還快。」

「你家老二對吧？」我輕嘆了口氣。

「但我找不到他，他也還找不到我。」無窮沉默了好大一會兒，才細聲，「可他傷勢若好全……可能是分神期，甚至是合體初。」

「所以你要加油啊。」我偎著他的臉，「為老婆創造清靜安全的修仙環境，是老公的責任。」

他含著淚笑了。

我發現，就算是這樣的變態，還是符合「人正真好」的定律。讓我覺得……為了這樣的笑容，再怎麼長久的生離，都是值得的。

但是在那麼美麗的笑之後，無窮就毫無預警的進入「深層入定」的階段了。

……變態就是變態。情話綿綿也能觸景生情，進入罕見的「頓悟」。這跟劇毒讓他春心蕩漾變態程度差不多。

我把他扛入早就預備好的閉關室，將他原本託付給我的「百年剎那」塞在他懷裡，走出去，將門禁錮起來。

有的女人，是嬌貴的玫瑰花，需要男人時時刻刻的呵護。但也有的女人，是野薔薇，再怎樣貧瘠的土地都能自生自長。

我是後者。

無窮是個修仙的天才，我是不可能趕上了……他會活很久很久，我就不一定了。但這說不定是好事。

最少我活著的時候，都能確定他一直愛著我……希望啦。

我真的，很珍惜他，珍惜這段情感。雖然他有一大堆缺點，我還曾經非常怕他討厭他。但現在，我卻很想好好呵護並且捍衛這種接近奇蹟的感情。

所以，我會豁出命來看家，卻絕對不會保管「百年剎那」。我不想因為一樣死物，傷害我們這麼珍貴的關係。

那一次入定，無窮足足閉關了五年，才短短的醒過來。他發現自己懷裡的百年剎那，神情很複雜，但我想，我賭對了。

雖然輸給一樣死物很不甘心……不過在無窮的心目中，不管他承不承認，百年剎那高過我……說不定也高過他自己。這是陸修寒與他的雙重執念，也是他們家要命的老二的深重怨念。

不過他差點把我勒斷氣的熊抱，和無數我默默忍受的口水吻，讓我覺得，第二就第二，反正第一不是別個女人。

那次閉關讓他跨入了出竅期，並且從出竅初衝入出竅中期。所以他熊抱我的時候，能夠一拳將阿花打入牆壁，終於占了上風。才短短五年……實在太厲害了。

但他也受了不小的驚嚇……五年的光景，我也跨了兩階，進入預備凝嬰的階段。

「我不知道為什麼。」我搔頭，「大概是嗑藥嗑夠了？」

他緊張兮兮的檢查藥方和丹藥，卻也沒查出什麼異狀……很不滿我居然沒定時定量，剩了太多的藥。

……我只能說，嗑藥流不是每個人都受得了的，沒有無窮督促，我就常常忘記。

他研究似的看著我，用神識內觀又把脈摸骨的，眼神很迷惑不解。「……妳做什麼去了？」

啞然片刻，我仔細想了這五年，搔了搔頭，「……遊蕩。」

我真的不是敷衍他，而是這五年，我真的就在雲夢大澤遺跡附近村莊……遊蕩。

白毛老伯給我的楚巫簡內容其實很簡單。３Ｄ影像……不，或許可以稱為４Ｄ？因為楚巫事實上沒有文字，師徒傳承。楚巫簡傳達出來的是栩栩如生的影像……和心靈上的感覺。

好吧，我知道這樣的解釋很爛，但我不知道怎麼把這種「心傳」的知識傳達給別人。

我會意外突破到凝嬰前的靈寂，就是用了遺跡附近的村落成立一個天然的巫陣。或許是路數不同吧？所以修道為主的修仙者很難察覺，而我卻在他們經過巫陣範圍的時候能夠有感覺。

很奇妙。居然能夠欺騙大多數的修仙者。或許是因為，雲夢大澤原本就是楚巫所侍奉的渾沌神靈吧。

而我既然決意好好看家，當然會仔細維護構成巫陣的村落。所以我會遊蕩在這幾個村落之間，帶著阿花旅行。

聽說古雲夢大澤範圍之廣，幾乎有整個中原那麼大。只是經過了幾萬年，漸漸沉眠，讓出土地與萬物生息，到了大明朝（即使是歷史歧途的大明朝），已經只剩下一點遺跡……留下範圍廣闊的沼澤和湖泊，生氣旺盛得可怕，於人有益的五穀，於人有害的瘴癘，都同樣蓬勃。

土地肥沃卻也瘴癘橫行，外地人很難生存，所以成為中原皇帝流放罪犯的邊陲之地。

聽說，在遙遠的時代，此地是為楚國，一直和中原政權對立，有著自己鮮明獨特的文化，甚至有自己的楚巫信仰。經過幾千年的洗禮，當地人已經中原化的嚴重，看不出和中原有什麼不同了。

但我在遊蕩的旅途中，才發現，楚人就是楚人，雲夢大澤只是沉眠，並不是死亡。這些在地人對我非常友善，而且明明是凡人，卻知道我是巫門（雖然不太純粹），而且用懷念的語氣說，已經很久沒看到「神子大人」了。會抱孩子來讓我祝福，帶我參拜僅餘幾塊石頭的祭壇，請我為田地祈禳，並且安撫山川。

甚至，對於偶爾會巨大化的阿花都不覺得有什麼不對，孩童還會爭著讓阿花在他們掌心跳舞。

「楚，一直都在。」有個當地的讀書人，安詳的對我說，「無所謂滅不滅國，楚地，就是楚地。」然後把《楚辭》輕輕的放在我掌心。

據說，雖然經過文士的雕琢加工過，但《楚辭》的基本，還是來自楚巫的祈禳書。

於是，我帶著《楚辭》，在楚巫行走過的楚地，聆聽著雲夢大澤沉眠的呼吸，遊蕩。

我在村莊，在人群之中；我在森林裡、沼澤或湖泊，獨行。晴空萬里或狂風暴雨。偶遇和藹的人類或非人，也遭逢過毒禽猛獸或歹徒。

在荒野陪著巨大化的阿花盡情的晒太陽，或就著明亮的月光朗誦《楚辭》。

我，在這裡。在沉眠的雲夢大澤範圍裡。一草一木，一禽一獸，人類，或非人，跟我都……沒什麼兩樣，息息相關。

我們都是大道的一部分，隨著神祕的生命節奏，生存到死亡。相異卻殊途同歸的旅程。

我……沒辦法很清楚的用言語解釋。只是遊蕩，和萬物相遇與相別，謙卑的感受並臣服渾沌的雲夢，沒有運行周天，我就很自然而然的覺得滿足、一切靜好、再無所缺的奇妙修煉境界。

想念無窮的時候，也不再是心痛，而是溫暖。我知道我們會再相見。

甚至，我漸漸能夠理解阿花的意思……雖然不是語言。然後擴展開來，慢慢的能夠理解植物，然後是動物。

但我做了什麼嗎？似乎沒有。只有……遊蕩。

可男人的大腦結構……大約沒辦法理解這麼簡單的事情。所以我費盡力氣敘述這五年的經過和感觸，無窮的腦袋和眼睛環繞著銀河系和繁星……完全聽不懂。

……明明他可以理解萬事萬物的知識和規則，但他卻沒辦法理解沒有規則的渾沌。我真不懂為什麼。

他抱住腦袋，呻吟了一聲，「什麼亂七八糟的……巫門真詭。」

「明明很簡單！」我吼了。

「算了。」他無力的揮手，「能升級就好……」他把我翻來覆去的看了半天，不大有把握的說，「妳這大約……還要個二、三十年才能凝嬰吧？」

無窮咬著脣思考了很久，「我盡力十年內衝進分神期……不然不足以助妳平安凝嬰。」

「不要吧？」我叫了起來，「當心欲速則不達！」

他氣勢萬鈞的掃了攜帶型洞府裡所有的藥草種子、藥苗、煉丹爐，除了留了一份給我外，帶上所有的丹藥，「我有百年剎那我怕誰?!為了我們幸福的未來，拚了！鸞鸞我愛妳！」非常悲壯的繼續閉關了。

……我是該哭呢，還是該笑？是破壞禁制進去海扁他一頓，還是趴在門上哭著喊無窮我也愛你？

我很天人交戰，真的。因為不管什麼反應，都顯得很蠢。

蹲在閉關室外面，我撐著腮幫子，苦苦思索。最終黯然的嘆了口氣。

我一定是腦袋有洞，才會愛上他。原來腦袋有洞這種變態，是會傳染的……看了看剛把腦袋從牆裡拔出來，撲在我懷裡泣訴的阿花……我突然有點兒擔心。

變態應該不會跨物種傳染……對吧？拜託一定要是這樣……我不敢想像阿花被傳染的結果。

那會是災難的。

* * *

十年，並不像別人想像的那麼難熬。事實上，我覺得一天天過得極快，每時每刻，每日每月，春夏秋冬。

被我祝福過的嬰兒，轉眼就會走，會跑，會說話。草木春萌、夏繁、秋熟、冬藏。閉上眼睛，感受著古老的雲夢大澤，像是和所有生命與非生命在一起，無聲而響亮的呼吸。

我想念無窮嗎？其實為什麼要想念呢？我知道他在哪裡，在努力唷。一直都在……我身邊。和沉眠的雲夢大澤在一起。

雖然真的在我身邊的只有阿花啦。但她只是離得比較近，無窮離得比較遠。

我每天還是會照著無窮的課表修煉一下，但更多的時候都在……遊蕩。

因為雲夢大澤的遺跡生氣旺盛得可怕，五行絞纏，許多天材地寶出產，當然也會吸引修仙者來這裡。我不明白的是，為什麼他們故意觸怒主人，來人家家裡亂翻亂拿，然後覺得遺跡非常可怕並且痛恨。

雲夢大澤只是沉眠，並不是死亡。祂本身就是渾沌，無須依循規則，但這些修仙者卻硬要用規則使其臣服、掠奪……這不是很白癡的事情嗎？

所以被祂捉弄，甚至一個不小心弄死，也是理所當然的事情吧？

為什麼這些講究感動天地、理解萬物的修仙者，汲汲營營於天材地寶，鉤心鬥角，而不去尊敬天地渾沌，謙卑一點會死嗎？

其實雲夢，是很溫柔的。祂尊敬生命本身，所以才允許萬物在祂讓出的土地河川上面生息……連凡人的楚人都知道這個道理，為什麼修仙者反而不懂呢？是誰規定五行一定要界限分明、相生相剋，方便修仙者使用？人家雲夢高興不行嗎？這本來就是生氣極其旺盛的地方。

每次我看到那些如臨大敵卻跟盲人一樣，在遺跡內亂轉的修仙者都會湧起疑問。

尤其是，這些修仙者鮮少對我看上一眼。對我說話的口氣，完全就是對凡人那樣以上凌下。

很久我才領悟到，雲夢大澤默默的接受了我，所以掩蓋住我的氣息。甚至借給我的規則，也一直沒有收回，讓巫陣一直很和諧的運轉。

明明祂已經非常非常古老，古老得沉眠如此之深，非常接近死亡了。但我只是臣服、謙卑、禮貌，祂就接近溺愛的回報我。

我……很喜歡赤足走在雲夢大澤的土地上。古老安然又美麗的渾沌神靈，跟我離得這麼近。很任性，不講規則、不講道理，明明是那麼偉大、那麼有能力，隨時可以毀滅所有一切……卻溫柔的讓萬物滋養在祂讓出來的土地。

所以對修仙者來說非常危險的雲夢遺跡，卻像是雲夢借給我的後院，我認識每一株花草動物，人與非人，可以隨處的……遊蕩。

日後無窮問我怎麼學會瞬移的，我還真回答不出來……就，自然而然的會了。好像我們跟大樓的主人合得來，主人就會借給我們感應鎖開大樓電梯。

有的主人比較大方，像雲夢，祂就是純粹溺愛沒什麼道理的喜歡，所以閉上眼睛，順著風的呼吸，觀想要去的地方，「電梯」就會抵達了。

有的主人比較小氣（大部分），就必須抵押或者取悅祂們，手續比較麻煩，但還是能借到感應鎖，可以使用電梯。

有一陣子，無窮老說我變態，讓我很生氣。雖說一般修仙者起碼要修煉到合體才能瞬移，凝嬰前就會有點不尋常……但也輪不到他這個正港變態說我變態。

我只有外面那層皮是修仙者，裡面可是楚巫。誰跟他們這些不懂禮貌的傢伙一樣。

雖然我們平安的在雲夢遺跡生活了十幾年，但有幾次，巫陣都差點被破。那是一種，很令人厭惡恐怖的黑暗，像是龐大到能遮空蔽月的蛇，爬過巫陣上空，不自然的天災會降臨到巫陣本體的某個村落。

令人作嘔，而且憤怒。

就是第一次有個村落遭臨蟲災，正倘佯在沼澤的我莫名其妙的知道了……雲夢的憤怒燒進我的心裡，我突然拿到感應鎖，瞬間就到了蟲災村落，用玻璃心二號打碎了一個惡毒的法器，才告終結。

拿著法器碎片，我有點發抖。

因為氣息……我很熟悉，但更純粹黑暗。如果不是我跟無窮在一起很久了，說不定我也會錯認。

很強。真的……很強。連古老的雲夢都差點不敵，必須附身於巫驅除的惡意。在地球修仙界這個草魚池中……出現了一條不該有的鯊魚。

是無窮家的老二……對吧？

我發現，我不敢和他們家老二面對面。幾次間接的交手，若不是護短的雲夢撐腰……我早就完蛋了，閉關中的無窮大約也不能倖免。

不過雲夢也非常厭惡他，所以給了我一個最後的辦法。

我實地去看了。那是僅存於雲夢遺跡的一個碎裂傳送陣。那一片土地根本是死掉的，由沼澤泥濘和流沙所組成，什麼生物都沒有。我根本沒辦法靠得太近……只能站在綠意邊緣看著驚人龐大的傳送陣……碎裂得像是隕石群浮空著，劈哩啪啦的雷霆閃電，連天空都是詭異的紫和血紅的糾纏。

光在邊緣看，我就覺得心膽俱裂。

沉眠的雲夢說，那是因為我有修為，所以會湧起恐懼。這個撕裂空間的龐大傳送陣早已失修碎裂，幾千年來，都是這樣。

最後一批離開啟濛的修仙者，臨走前破釜沉舟的破壞了所有的傳送陣，殘留的幾個非常不穩定，連仙人都能撕碎。但因為雲夢對人類的歷史不大了解，所以問了半天，我還搞不清楚是唐朝還是宋朝時破壞的。

但讓祂厭惡的兩個修仙者，都是從這兒來的。

「……無窮是我老公。」我啞然了一會兒，回答。

雲夢不屑的批評我的眼光，屬於蠻荒遺種的阿花非常認同的點頭。我現在真的越來越擔心跨物種傳染變態的問題了……

祂的想法很簡單，從哪兒來，打哪兒去。只要把那個充滿黑暗惡意，讓祂非常討厭的修仙者，扔進破碎傳送陣就算完了。

很好的想法……只是連古老強大的雲夢都沒辦法的陸家老二，我這個預備凝嬰的菜鳥憑什麼把他扔進去……？

我在回程的時候又回頭看了一眼，打了個冷顫。無窮真是太有勇氣了……連看都不太敢看的破碎虛空，他元神化身時就敢往下跳……夠狠，夠賭徒。

剛剛我試著扔了塊金剛鑽進去，在邊緣地帶就四分五裂，塵歸塵、土歸土了。他和他們家老二居然能沒事……未免太神奇。

這鬼地方只能當同歸於盡的所在。直到無窮出關，我還想不出來怎麼使用。

我以為要等上百年呢，結果無窮不到十年就出關，境界可說是一整個突飛猛進……直接跨入分神中期了。果然詭異嗑藥流有其獨到之處。

但是無窮瞪著我，一面和阿花打得金光閃閃、瑞氣千條，見到我的第一句話居然是……「變態。」

是可忍也孰不可忍也？

於是我和施肥澆水晒太陽兼打獵吃妖怪和歹徒的阿花，並肩作戰，所謂雙拳難敵四手（呃……阿花不只兩片葉子，還有捲曲粗如成人手臂的藤蔓，花心獰笑的血盆大口……還有有強烈捆縛效果的根），步入分神中期的無窮鬧了個手忙腳亂，漸趨下風。

一定要的，我背後還有作弊似的雲夢撐腰。

不過如此作弊，作戰經驗上我還是遠遠不如無窮，阿花事實上還是幼生體，所以……等阿花被打入土裡倒栽蔥的「種」了三丈，我被無窮抓起來按在膝蓋上打了好幾下屁股。

「我都幾歲了！你不能這樣對待我！」我拚命喊叫掙扎，「誰讓你見面就喊我變態……讓變態喊我變態我這立場……」

無窮根本沒聽我說啥，一面揚掌一面罵，「誰？是誰？是哪個姦夫幫助妳凝嬰的?!我捨不得宰妳總能宰他吧?!」

原來是為了凝嬰……白癡。

「我也不知道！」我怒吼，「或許是雲夢大澤？難道你要去宰祂?!」

他驚愕的停手，等我盡可能用語言加上神識說明……他的腦袋和眼睛又環繞了好幾個銀河系和宇宙繁星……還是聽不懂。

太笨了，男人。雲夢說得對，我這眼光真的需要批評……

現在離婚還來得及……嗎？

我以為閉關十年百年已成常態的無窮會表現的比較平靜，事實不然。等知道錯打了我的屁股以後，立刻輕聲軟語的道歉，又化身為袋熊之類，把我抱在膝蓋上非常親暱，蹭得我脖子直發癢，笑個不停。

「別這樣！」我用力推開他的頭，「有什麼好聞的？你狗啊?!」

「鸞鸞好香，」他一臉陶醉，「有花、青草、風的味道……生命的味道……」

……別告訴我，你修著修著，仙沒修成，修成吸血鬼……喂！不要用牙齒磨我的頸動脈！

被他輕咬了好幾口才滿足的放過我，偎著我嘆息，「以前，從來不覺得閉關有什麼。」他嘴脣動了幾下，卻沒能說什麼，只說，「以後閉關，哪怕是要禁錮妳，也要把妳拖進來一起關著。」

「……無窮，你這樣很變態。而且違反了三不原則！」

「那迷魂術好了，這不違反三不原則了吧？」

一如既往的據理力爭，當然也是毫無結果的擇期再議。他很心滿意足的讓我服侍著入浴沐髮，低著頭半閉著眼睛等我梳理……雖然修仙者到他這程度根本不會髒。

但他就是喜歡這樣。甚至晚上也沒打坐啥的，而是抱著我cosplay熊貓，很難得的像個凡人一樣睡覺。

這樣……可以嗎？

無窮是個有自我統合困難的喜憨兒，用一種非常扭曲不自然的方式「成人」。

我從來沒有想過這類問題。我猜無窮也還沒仔細想過……但短短十年，他就眷戀成這樣……無窮，真能一心不亂的修下去嗎？最後他會做怎樣的選擇呢？修仙，不是要心無罣礙嗎？這樣……真的可以嗎？

畢竟，在我之前，不管是他自己也好，陸修寒的記憶也罷，他都不知曉「情」的滋味。最初總是最美的。

但是……修仙歲月久遠，閉關的時候可多著。我也不知道我能走到哪一步……但我們不可能同步閉關吧？會常常錯開，不可能一直在一起。

雖然很變態、很神經，但他這樣眷戀依賴，也養成了我的眷戀依賴。我能忍受長期的別離……

但他能夠麼？他能喜歡我喜歡到什麼時候？

我承認，我對男人依舊沒有信心……太多負面教材了。即使是無窮……我對他的信心也不太夠。

可我也不敢再繼續深想了。算了，罷了。暫時注視著此時此刻、眼下。

但無窮是個敏銳的傢伙……就算是個變態喜憨兒。「鸞鸞，怎麼了？」一面往被禁錮依舊咆哮的阿花頭上澆水，一面疑惑的看著我。

……我表現的那麼明顯嗎？

「如果，我和修仙，只能選一樣，你會……怎麼選？」我還是很蠢的問了女人最愛問的蠢問題。

「這還要問？」他表示訝異，「當然是妳啊。他……我是說陸修寒想修仙，只是想俯瞰眾生而不想被俯瞰……但那是他又不是我。老二威脅到我的生存了，而且也習慣了，所以我才一直修下去。」

他粲然一笑，「現在我知道為什麼我想修仙了……因為可以活很久啊。一直一直，跟鸞鸞在一起。」

好吧。我知道男人本性是朝三暮四的傢伙，誓言都得當娛樂聽聽就算。但我也挺白癡的，聽得心醉兼臉紅。「那個……」我支支吾吾了一會兒，「我不一定修得成。」

「沒差。」他聳肩，「以前還怕魂魄不好追捕，現在妳都凝嬰了。元嬰抓起來簡單，還可以泡在藥液裡涵養……練個百兒千年的，就算練不成散仙，我也可以把妳製器成劍靈嘛！永遠永遠，都在一起喲～☆」

……變態。

誰會希望死掉都不得安寧的泡福馬林當標本啊?!還是個元嬰標本我的天……運

氣不好還會變成劍靈！

「所以囉，我會好好修仙。鸞鸞要忍耐唷，短短的分離是為了永遠的在一起。」他含情脈脈的拉著我的手，眼睛閃閃發亮，「我知道妳很愛我……人家也捨不得。但妳要忍耐唷，千萬不要去找姦夫……不然會害我造殺孽的。我捨不得殺妳，會克制不住的連誅十族……」

「……只有九族。」

他笑得那麼純淨美麗，眼睛彎彎的像是月牙，「當然是連姦夫的朋友都一起殺光啊，湊個滿數。」

宇宙無敵洪荒最強前無古人後無來者變態中的變態。我突然希望……他趕緊變心。

不過短時間內，大概「希望」不會成真。我掐著他的脖子嚴厲至極的說明了「一生一世一雙人」的理念，他滿眼迷惑，「我想到妳找姦夫就覺得心疼得要裂開來，我怎麼可能去找姦婦讓妳的心疼得裂開來？鸞鸞我這麼愛妳欸。」

……啊？

「陸修寒……」我含含糊糊的問，「沒有，呃……共修？三妻四妾？」

「有爐鼎。」無窮點頭，「用完就丟了。他覺得妻妾妨礙修行，所以沒有啊。」

……我的心情很複雜，真的很複雜。我不知道該不該感謝陸修寒修得這麼毫無人性，讓他家無窮沒得學壞。

後來我修煉就比較認真了……以度劫為目標。能不能成仙還再說，最少度劫沒過還有個終點……我想憑無窮這種變態之至的堅定和資質，成仙一定沒問題的……我寧可度劫沒成打回輪迴，也不讓變態仙人陸無窮先生把我的元嬰掏出來泡福馬林。

光想到就夠讓人打哆嗦的。

＊　　＊　　＊

因為凝嬰了，所以無窮比較常跟我聊道門的注意事項，不免常常提到慧極。

據說慧極的命名是因為當中最大的陸塊就叫做「慧極大陸」，不像地球陸塊這樣四分五裂，慧極星的大陸塊只有慧極和太極兩大陸，包圍著星羅棋布、數以千計的星繫諸島。

無窮……或說陸修寒的初始師門就是在星繫諸島的一個小島上，活動範圍也幾乎都不離星繫諸島。

「欸？陸修寒沒去過慧極嗎？」我驚訝了。

「沒有。」無窮回答，「慧極高人太多啦，他討厭被俯瞰的感覺。」

……兩百五十年抵達合體後期的高手……居然在慧極大陸還不能呼風喚雨，會被俯瞰？

「速成根基是一定不穩的啊。」無窮理所當然的說，「而且整個慧極星的修仙者太多太多了，『窮習文、富學武、貴修道』嘛。進入合體期的當然多……但不是進入合體期就會打架啊，也不是進入合體期就肯定能度劫……很多人都老死在合體期。凝嬰後雖然老化變得很緩慢，壽命增長許多……不能突破境界，就有可能肉體老化、死亡。

其實他啊，太急於求成了，沒有好好穩固境界。就仗著法寶多跟人爭雄而已。

在星繁諸島還能混混，去慧極早被打成渣了……」

我聽得越來越迷惑，「……我不懂。你跟你家老二在地球這麼強……你家老二甚至讓雲夢大澤拿他沒辦法！如果你們還不算高手……那慧極早該爆炸八百萬次了！」

他微張著嘴，拚命搔頭，用盡了語言和神識，才勉強讓我明白，因為啟濛（地球）實在太古老了，古老到地祇都紛紛陷入深如死亡的沉眠，但慧極還非常年輕，地祇極強悍，幾乎趕得上神明。

不但如此，擁有豐沛資源和濃厚靈氣的地祇，還擁有神民或巫覡之類的跟從者。這些信奉地祇與渾沌自然的祭者，和道門相反，不求長生，繁衍不息，代代相傳的護衛地祇。擁有崇拜之力的地祇會更強大，連修仙者不敢稍掠其鋒，布陣施法都得遵守地祇的規則。真正高手的相鬥要不就是落下防禦結界，要不就是遠離慧極本土。

啟濛……或說地球。曾經是神明所眷顧，修仙者最初的源頭。但隨著非常非常久遠的歲月，資源耗盡，靈力日益薄弱，神明將重心遷移到慧極，原本以成仙為志願的修仙者自然也隨之遷移。

照無窮的說法，宇宙繁星誕生文明的星球，都是神明的迷你花園。但眾多花園中，啟濛是最早的，但也因此資源與靈氣也是最快消耗完的。原本啟濛是神明的下都、後花園，只是衰老、荒蕪了，神明就將下都遷去慧極。

比起現在，傳送陣初立的啟濛靈氣還足，在修仙方面的知識，遠遠領先慧極。萬年間不斷有移民經由傳送陣去慧極，也帶去了當時領先的啟濛文明。所以許多地方，啟濛和慧極是很相似的。

直到啟濛全面性的炸毀所有的傳送陣。

無窮對此表示相當不解……但我似乎明白。

雖然我還不太懂什麼是「神明」，但我猜，神明並不是放棄了啟濛……真放棄了所有以神明祈願的法術早該失效了。說不定，遷移到慧極就是神明給的暗示或明示。

古老的啟濛，應該是進入休眠涵養地力的階段吧？

上萬年的時間，一定讓慧極和啟濛之間的差距越來越大。毀壞傳送陣大約就是不想讓慧極那兒的修仙者擾亂還在休養的古老啟濛……看看無窮和他家老二能夠凌駕於地祇雲夢就明白了，毀壞傳送陣的決定是多麼果敢英明。

「你們這些沒有禮貌的傢伙，只會欺負老人家！」我很替古老的雲夢和啟濛諸地祇抱不平。

「吭？」無窮滿頭霧水。

我懶得解釋。畢竟男人很笨，遇到沒有規則的渾沌就卡殼，我早習慣了。

無窮出關後，跟著我在雲夢視察以前他們家老二留下來的法術痕跡，搖了搖頭。「嘖，傷好得也太快了……但很笨，缺少記憶也只是式神的料……如果是我或陸修寒，才不會送這麼個拙劣的法器而已，起碼也要做到覆蓋性廣域攻擊，或者是乾脆混亂雲夢大澤……反正啟濛地祇都衰老到很好欺負了……」

「……喂。」我目光不善的瞪著他。被他整怕了的阿花縮在我後面狐假虎威的發出嘶吼。

「說說而已。」他悶悶的回答。明明答應我要尊重啟濛地祇的……這傢伙真是無時無刻不生壞心眼。

不過自負的無窮也很坦白，現在的他還打不過陸家老二。比起擁有陸修寒肉體和修為的陸家老二，無窮不但境界比不上，甚至更速成、根基更不穩。

據說，他們雖然有某種神祕的相互感應，但只能抓到大概的範圍……可若不是長期停留在某地，很難確定對方行蹤，如果不斷的在移動，就連大概的範圍都會混亂而擴大。

他不想被陸家老二逮到，我不想牽累雲夢，所以我們離開，開始一面尋找天材地寶（偶爾還打劫……他堅持是反打劫），一面消耗他累積過多的靈氣、穩固境界，開始漫遊的歲月。

我們大約漫遊了有百年之久。其實我很喜歡這段旅行，每天都過得很有趣。認識許多人類和非人，在古老遺跡裡探險，一整個古墓奇兵起來，非常刺激。

而且楚巫簡的知識，並不是只作用在雲夢大澤所在的楚地，其他地祇也適用……我也因此認知到，即使衰老到沉眠極深，各地的「主人」還是個性個個不同。

坦白說，我還真的不是個好妻子。老公辛勤萬分的種田……呃，在百年剎那種藥草，偶爾停留都爭分奪秒的煉藥製丹，真是「誰知盤中飧，粒粒皆辛苦。」我呢，則是到處遊蕩，試著和「主人」博感情，借感應鎖搭電梯，到處玩耍，通常都能討「主人」喜歡，很慷慨的送我珍奇的材料讓我糟蹋著煉器玩。

凝嬰之後就有三昧真火，加上各地主人不同形態的「借火種」，讓我實驗了很多有意思的製器法，毫不費力的重鍛了玻璃心和玻璃心二號，水準趕得上無窮從慧極星帶過來的飛劍。

但因為他極其勞苦，我卻是輕鬆玩出來的，據他表示，非常忌妒。尤其是不耗絲毫法力的搭電梯瞬移，更讓他每每見到都狂呼「變態」。

「你到合體就能瞬移啊！有什麼希罕？」我拉長了臉。

無窮居然瞪我，「誰會沒事搞瞬移？妳知不知道瞬移要耗多大的法力？太頻繁的運用瞬移是會噴心血的，還可能走火入魔！……」

「不知道。」我很坦白，「誰讓你們不懂禮貌？懂禮貌就能跟主人借感應鎖搭電梯。」

無窮臉色發青的瞪著我，好一會兒才咬牙切齒的從牙縫裡擠出字來，「……我終於知道陸修寒為什麼那麼招人討厭……天才真是討厭之至的生物！」

「啊？」我被他搞糊塗了，無窮到底在說什麼？

但我發現他偷偷研究楚巫簡……不過我想他那充滿規則的聰明（而且變態）腦袋大概永遠搞不懂沒有規則的渾沌……因為他發脾氣的摔玉簡。

可看我愁眉苦臉的試圖弄懂道門原理，又讓他開心起來……幸災樂禍的傢伙。

我不知道修仙是不是會讓時間感變得很快……說不定是因為每天都有新鮮事兒。也可能，很有可能，修仙者看到的世界，不是凡人所見的單純……更複雜，層次更豐富，讓我每天都覺得很期待。

雖然這百年間，好幾次都差點被陸家老二抓到……但光擁有變態的修為和肉體實在比不上擁有變態的記憶和情感。所以陸家老二總是被陰險狡詐的無窮耍得團團轉，有次差一步就抓到無窮，卻讓我作弊拖著無窮強搭電梯跑了。

不過那次真的非常危險，而且惹得當地「主人」非常不高興，立刻收回感應鎖，再也不搭理我了。我也因為違反規則過甚，大病一場，有半年光景，都是無窮背著或抱著我照顧，出乎意料之外的耐性和溫柔。

「鸞鸞，妳為什麼對我這麼好？」他抵著我的額，輕輕的摩挲我的頭髮。

原因很複雜，真的很複雜。最後我還是沒把「母性」、「避免元嬰泡福馬林」、「反射動作比理智快」等等告訴他。

「我們都結婚了。」我說。而且恐怕離婚無望。

他感動得要命。

除了陸家老二這個可怕威脅外，這百年真的很好玩。也是這段時間我們重逢了朱煐（那個傀儡八王爺），同時被他雷個半死……跟很多人與非人，相識、分別、重逢。

其實修仙也不是很沒意思……或許是因為，我是個修仙皮巫婆骨的傢伙吧？我到這世界都一百多年了，還沒學會長期入定閉關。一直是饒有興味的與各式各樣的人和眾生打交道。

我想喜憨兒無窮還是被我影響到了。他變得比較柔軟，壞心眼少一點兒……最少反打劫的時候，如果以前曾經打劫過，就不再洗劫一空，還肯剩點東西給人家。

「相逢即是有緣嘛。」他說。

只是那個倒楣之至的詐欺道長團應該不想再跟他相逢……記性太差是詐欺集團的大忌。居然能把無窮的長相給忘記真是……

但無窮比較願意跟人來往，跟啟濛地祇的關係也不再那麼緊張。連我大病的時候，他也願意幫我替阿花澆水施肥，不是放把火燒了。

這真的是很大很大的進步。

可惜阿花不領情……我想是無窮的「愛意」不但普通人消受不起，連蠻荒遺種都受不了。因為阿花總是待機而噬之，所以他溫柔的……把阿花禁錮或封陣才澆水施肥。明明知道阿花最討厭吃魚，還是會眼神寵溺的說，「妳這頑皮的小東西，不可以挑食。」掐著她的脖子逼她吃下去。

大病中的我無力阻止，而且有種恐怖的熟悉感。

我想，無窮是做到了「愛鸞及花」，但他充滿變態精神的愛情……除了我這個倒楣的笨蛋，大約連蠻荒遺種都不會接受的。

……媽，妳真的覺得，這樣的命運，比被老爸宰了好嗎……？

我突然很不想生小孩。一怕遺傳，二怕傳染。等我病好了，發現阿花獵捕食物時（通常是我說可以吃的惡鬼或妖怪），陰險狡詐並且計謀百出的玩弄……我終於知道傳染的威力有多麼巨大和跨物種。

幸好無窮覺得還不到衝關的時候……修仙者也不是隨隨便便就會生小孩。我只能祈禱無窮繼續喜憨下去，不要想到生個小孩來玩兒。

但不管無窮腦袋的黑洞有多大，我也不得不承認，他的確非常愛我。這個大腦迴路常常冒火花的變態，對我的情感一直很純粹無雜質，自從成親以後，我們連拌嘴都很少，就他來說非常不容易。

這百年來，我們只吵過一次架。

事情是這樣的。不知道是什麼原因，我和無窮開始漫遊生涯一段時間後，百年剎那不知道為什麼產量越來越高，越來越靈氣旺盛，偶爾會發出嗡鳴。

對這神祕的寶貝，有時候我會有種奇怪的感應……很像面對地祇時那種溫厚謙卑感，甚至會冒出「它在呼喚我」的感覺。

有回無窮在吻我的時候，百年剎那突然從他的儲物手鐲裡飛出來，在無窮撈到它之前，我先摸到了。

但我發誓，不是我主動的，而是那個寶貝飛到我掌心。

可無窮惡狠狠的搶回去，還打紅了我的手。他的模樣，是我從來沒見過的猙獰。我想分辯、發怒，或者打他一頓……

我卻什麼也沒有做，只覺得視線模糊，眼淚湧了上來，不得不立刻逃離現場。

還是沒真的哭，當然不開心，但要說我生氣了，那也不大對。有什麼氣好生的？我早就知道我只是第二，第一是那個破玩意兒。

但無窮堅持我生氣了，拚命纏著我，硬要把三不原則改成四不，也就是說，他放棄對我施放迷魂術。可我不覺得高興，反而真的火大，才破天荒吵了一架……我把他兇惡的罵了一頓，他才相信我氣消了，小心翼翼好一陣子。

我很想跟他冷戰一段時間，但看他難過成那樣，我比他還難過。

算了。我自棄的想。活該將來被他氣死……男人都是女人寵出來的。我把這個疙瘩默默的吞進去，盡量表現如常……萬一被軟土深掘，也是自作自受。

但無窮是個變態喜憨兒。他居然沒趁勝追擊，反而巴結而討好，異常乖順。

愛情真是一種恐怖的玩意兒，比百年剎那還強悍許多。居然讓恣意妄為、毫無道德的無窮變得這麼可憐兮兮。

我原諒了他。不管怎麼說，我的心智成熟度和健全度都比他高太多太多了。而且，男人天生就是笨，笨蛋男人會為了一些不要緊的死物或財貨權勢拋棄真正珍貴的，智慧的女人才不會那麼愚蠢。

何況我這麼充滿智慧的女人。

後來我就極力忽視百年剎那的呼喚，讓無窮把那玩意兒收緊一點，並且拒絕無窮把那玩意兒送給我。

喵低，我沒砸了那破壞婚姻信賴度的啞巴東西就是我有修養了，誰要那破玩意兒。

* * *

百年之後，我們又回到起點的雲夢遺跡。

沒想到當初的巫陣依舊完好如初，借來的規則沒有被收回，完美無瑕的繼續運轉。雖然構成巫陣村落的人們一個都不認識了……但我從他們的臉上，看到過往的熟悉。

沒錯的。是百年前我認識的村人們……的子孫。跟他們的祖先相同，楚人就是楚人。依舊稱我為「神子大人」，為土地祈禳，替孩兒祝福。

果然……我還是，非常喜歡人類。因為跟他們不會真正離別。他們會繁衍下去，用新生命覆蓋死亡。

那瞬間，我明白了雲夢的心……或說所有地祇的偏愛。如此偏心於人類……或說凡人。即使凡人中會出現癌細胞似的修仙者，擁有太大、太不應該的力量，他們還是偏心的抗衡著，保護這些能夠入魔卻也能成聖、可能可愛也可能可恨的短命種族。

深深沉睡的雲夢發出很輕的笑聲，讓我的心充滿喜悅的圈圈漣漪。

「這老傢伙……居然敢覬覦我的女人！」無窮敵視的咬牙切齒，雲夢輕蔑的把他虛線化。

「沒有那回事好嗎？」我扁眼，「只是比較照顧我的老人家……」氣勢洶洶的指著他的鼻子，「聽著！不准你有任何無禮的舉動！你可是答應過我了！」

「……哼。」他一臉受傷的蹲在地上畫圈圈，「鸞鸞不愛我了……我可是只有妳……妳卻對那些老傢伙比對我好……」

「不是那樣嘛。」我扶額，「那個，敬老尊賢你不懂嗎？我就不信你敢這樣對待慧極地祇……好啦好啦，不要這麼陰鬱嘛，都快冒鬼火了……慢著，你在畫什麼東西？」

這傢伙……明明答應要對啟濛地祇尊敬點……居然在畫拘神符。

咖鏘一聲，我重新煉製過的手指虎浮現於拳。這個時候，就會覺得他送這個新婚禮物實在太實用了。

最少揍他的時候，不會被他的護體真氣震得骨折。

吵過架也不是什麼壞事嘛……最少對無窮而言。起碼他不會還手，只會哭著說我不愛他了之類的。

「愛你才會管你，少囉唆。」我甩著發紅的手，戴了鍛入靈玉的手指虎還是震得我手發疼。

「不要用輕忽的態度對待渾沌。若被認定是必須排斥以維持大道平衡的人事物……會被渾沌吃掉的。不是說要一直跟我在一起嗎？不是說要成仙好活很久很久嗎？我可不要看著我老公被渾沌吃掉。雖然是半吊子的巫……我也會很沒面子的。」

不要問我為什麼知道……我也不清楚。無窮說過，度劫很困難，被劫雷劈死的有，被心魔吞噬的，也有。但我想，所謂的劫雷、心魔，跟渾沌一定脫不了關係。

常常讓我想離婚，滿肚子壞水、陰險狡詐又純真殘酷的喜憨兒……畢竟是我最在意的人。

雖然他一臉茫然迷惑，笨得完全聽不懂。不過大概聽懂了我很關心他，所以笑咪咪的纏上來，笑容純粹明淨。

就算是癌細胞一樣的修道者，也是人類，我最喜歡的人類。

我緊緊的抱著他，非常用力的。沉睡很深的雲夢「呿」了一聲，帶著無奈寵溺的笑，睡得更深一點。

雖然眾地祇中，我最喜歡雲夢，但還是沒打算待太久。可沒想到，能待的時間比我想像的還短。

那是一個秋天的午後。我帶著阿花試圖恢復遺跡附近的祭壇……種幾棵樹，堆上石頭，獻上心意。

應該在攜帶型洞府種田的無窮，突然走入祭壇範圍。雖然有種怪怪的感覺……但的確是無窮的氣息沒錯。

為什麼？道門中人其實不太喜歡沒有規則的渾沌，所以跟巫的祭壇有所排斥，不太會跨入領域內。

等我覺得不對時，已經來不及了。

祭壇幾乎是頃刻間化成粉末，剛種下的小樹苗起火燃燒，阿花也瞬間枯萎。我在發著嚴厲強光和高溫的火焰中被掐住脖子舉起。

雖然很像……但不是，不是無窮。我在顫抖、拚命的顫抖……像是煉獄化成實體化，用無窮相類似的氣息襲逼而來。

「咦？奇怪呢……」滿頭黑髮張揚飛舞，只看得清鼻尖和嘴唇的清俊男子獰笑著，強烈的惡意和殺氣噴薄令人窒息，「我居然不想殺妳……結果還是受小四影響嗎？」

模模糊糊中，我聽到雲夢暴怒的哀鳴，煎熬的大地和村民的慘叫。

這些……討厭的，討厭的……討厭的像是癌細胞一樣的修仙者！憑什麼……到底憑什麼可以仗著力量從內部破壞折磨「主人」?!

但不管是攻擊還是瞬移，都讓他輕鬆破解。我像是被貓戲弄的老鼠，只能聽著大地眾生的哀號而無能為力。即使是狂怒的雲夢附身，也沒能動他一點點，反而因為附身的關係，讓他重創了衰老的雲夢。

我之所以沒死，是因為無窮趕到了，擋住了他。

「嘖，」無窮冷冷的把我塞在身後，「陸修寒不給你取名字，你不會給自己取嗎？無腦式神就是無腦式神。」

「沒有名字才沒有弱點呀，小四。」宛如地獄化身的陸家老二的笑惡意更甚，「說起來，你還真難抓呢……不過過程很有趣。這樣吧，你把百年剎那交出來，我就留你一魄當式神，怎麼樣？至於你娘子……不用擔心哩。當完爐鼎之後，我會好好飼養的……被你影響到，都不怎麼想殺她。」

「沒有名字……那就叫無名好了。」無窮微笑，「畢竟我吃掉你以前的主人嘛，現在也能算你的主人了……」他突然停住，瞇細了眼睛，「喂喂，你這傢伙……吃人了？」

「吃了幾個元嬰啦。」無名舔了舔脣，「落後的破地方，要找幾個凝嬰的都難。不過沒有記憶和情感的確很不方便……只好用數量代替質量囉。人類的記憶和情感實在很美味呢……」

快走。無窮的神識突然在我心底響起。越遠越好……趁地祇還沒完全崩潰，快走！這傢伙犯了絕大的禁忌……踏入魔道了！

然後一直都在逃跑的無窮，撲向了陸家老二無名。

走？我嗎？一個人？其實……我，很怕寂寞吧？前世攀附著媽媽，此世攀附著無窮。表面上，是他們依賴我……事實上，是我沒有他們不行。

在我眼前，陸家那個恐怖化身的老二，把無窮藏在氣海的百年剎那掏出來，掛著惡魔似的獰笑。

不可原諒。

啊，我說過我重鍛了玻璃心二號對吧？可以擬物化形……只要是我見過的。當然，這點雕蟲小技在無名眼中不值得一笑……隨便都能破解。

但我可是來自二十一世紀，看過他們沒看過的風景啊!!凡人也是有凡人的手段，不要小看沒有法力的凡人！

雖然我只在動畫或電影裡看過，雖然我不知道整體結構和真正原理……但扣扳機我總是會的。

雲夢的憤怒和我的憤怒疊加，通過晶瑩剔透的炮筒轟鳴若九天之雷，我扛著記憶中虛幻的火箭筒，將煉獄化身的無名打了個措手不及，甚至平移飛射開百年剎那。

「過來！」我對著百年剎那厲聲。不是一直在呼喚我嗎？過來！

果然百年剎那如流星般飛入我的掌心，枯萎的阿花也甦醒了，掙扎著飄在我的髮鬢。

我立刻瞬移，但受創的雲夢很不穩定，讓我瞬移不了多遠，不得不飛奔一段，在雲夢痛苦與痛苦的低峰中找到機會再瞬移。

我知道無名會追來，一定會的。他跟無窮一樣……對百年剎那有著無比的執念。

真巧呢。也過了百餘年，我才知道怎麼正確的使用破碎的傳送陣。

我不知道無名為什麼沒有瞬移……也許是太耗力氣，也可能是雲夢大澤的哀鳴造成了五行更糾纏而混亂狂暴，雖然追得很緊，但真正抓到我只有一次。

無窮說得對，他犯了絕大禁忌墮入魔道了，所以無盡惡意和死氣冒了出來。但我可是……可是雲夢所託的巫！扭曲逸脫大道的跳梁小丑……不要太張狂啊！

我對著他的臉龐，吹了一口飽滿猖獗的生之氣息。他鬆手慘叫，臉孔的皮膚和血肉一片片灰飛煙滅。

「鸞鸞！」追在後面的無窮大吼。

但我只看了他一眼，繼續飛奔和瞬移。將來說不定他會恨我吧？我猜。可說實在，地祇太衰老，而我……修為又太低。就算和無窮聯手，也沒有可能打敗墮入魔道的無名。

明明遍體鱗傷，明明體無完膚、氣海破裂。無窮還是追著百年剎那而來。笨蛋。真的很笨。為了一個死物，就算賠上自己的命也沒關係？你不需要這個，無窮。憑你變態的資質和變態的堅定，都夠修仙一百次了，用不著嗑藥。恨我也無所謂，離婚也沒關係。我不要你死掉，死在我面前。我寧可自己去死，也不要……被留下來。

我已經被……留下來過了。再也不要經歷失去媽媽時的絕望和無盡痛苦。

終於奔到傳送陣邊緣的綠意，比我記憶中看起來更可怕、更恐怖，發出低沉震撼的隆隆運轉聲和雷霆閃電。

我想把手裡的百年剎那扔進傳送陣……卻被刺穿倒地，鮮血流淌在土地上。緊緊握著百年剎那，看著惡魔一般的無名一步步的走向我，臉孔現著白骨，噴著死氣。

當他捏著我的下巴時，我笑了一下。

太小看渾沌與平衡是不行的。不應該出現在這個世界的、破壞平衡之物，終將要回到來處。渾沌雖然反應緩慢，報應卻是絕對的。

所以無法動彈的我，鬆手讓百年剎那飛回它的來處……立刻被突然擴大的破碎傳送陣吸了過去。無名立時放棄了我，飛蛾撲火般撲向百年剎那。

我只來得及將阿花從髮鬢扔出陣外，就被捲入狂暴混亂的力流中。但讓我絕望又心灰的是，飛蛾撲火的不只是惡魔般的無名，連無窮都撲了過去。

我絕對要離婚混帳！

……不過，你會熬過來、活下去對吧？既然你都能熬過一次了，沒有理由熬不過第二次。老娘才不當寡婦……你去當鰥夫好了！居然把那破爛玩意兒看得比我還重……喵低！

所以等無窮驚駭的看著我，遠遠地伸出手時……我對他伸出了憤怒的中指。

後來我什麼都看不到了。因為阿花居然也撲進陣，巨大化後……把我吞進去。

潮濕溫暖的黑暗……上下不分的黑暗……我想我一定是昏過去了。

等我再醒來，濃烈至極的生氣差點讓我嗆死。躺了好一會兒，我才慢慢適應。好綠、好強烈、好厚的靈氣。

吃力的慢慢坐起來，被洞穿的肚子和後背，傷口已經粗暴的癒合了，只是留了很難看的疤痕。

我的身上，覆蓋著枯萎碎裂的根莖、葉片、凋萎的花瓣。阿花的遺骸。

相伴我一百多年的小食人花，在掌心跳舞得那麼怡然自得的小食人花。討厭吃魚的肉食性植物，和無窮關係非常惡劣，漸漸學得變態又會爭寵的小花兒……

她把我吞進去不是要吃我，而是我根本熬不過破碎傳送陣的狂暴力流。她一直保護我到最後。

手指上的銀戒黯淡無光，不管我努力輸入多少法力。

可愛的小花兒，可惡的無窮……最後，我還是被留下的那一個嗎？我不要，我不要……

我終於放聲大哭，聲嘶力竭的。

不知道哭了多久，直到滴滴答答的淚水漸漸滲入嫣紅，我模模糊糊的知道什麼叫做「淚盡而繼之以血」。

「……吵死了。」

明明是很稚嫩的聲音，卻壓力沉重得差點讓我除了泣血還噴血。我瞠目看著一秒前絕對沒有人的草地上，出現一個神情冷淡的……小孩子。

「咦？」他的冷淡沁入了一絲訝異，「妳是……修士吧？為什麼有風和花的味道？」他嗅聞了一下，遲疑了，「妳是誰的巫？又是修士，又是巫？」

他明明是小孩子的外貌。但好龐大……非常、非常……龐大。比我遊歷過的任何一個「主人」都龐大、強壯、年輕、力量強的異常囂張。

雲夢……年輕的時候，是這樣不可逼視的強悍地祇嗎……？

「雲夢？」小孩子冷淡的笑了笑，「啟濛的巫啊……難怪能哭得吵死人。哭什麼？妳最珍視的，就在妳掌心啊。」

我攤開手掌，有一片很小很小的葉子，翠綠欲滴的。阿花的嫩葉。一直沒有反應的銀戒，突然閃爍了一下。

等我抬頭，小孩子已經不見了。

我臣服，我祈求，我順應。混著血的淚撒在生氣旺盛猖獗的土地上。雖然我還是不知道自己在哪裡……但我知道，此地脾氣不太好的「主人」，寬容赦免了我們。

後來我被幾個奉「主人」之命而來的祭司撿回去，他們自稱是歸虛神民。大概是修仙者內建翻譯米糕的關係，我們倒是沒有什麼溝通上的困難……甚至因為我那半吊子的巫，讓我和這群神民相處得還不錯。

我居然抵達了慧極，超奇妙的。

這裡照凡人的說法是黔郡，但歸虛神民卻尊稱為「地根」，據說修仙者畏懼的稱之為「寂滅之地」。

舉世最強、最最排外的地祇，生氣猖獗、五行混亂，陰陽相噬如咬尾蛇，是修仙者最恐懼、能力被壓抑得比凡人不如的地方……

我倒沒有那種感覺。相反的，我挺喜歡這種猖獗的生氣和生命力，也喜歡這個脾氣不怎麼好的「主人」。

他寬容赦免我們了，不是嗎？有點傲嬌吧我想……其實心地滿好的。

因為五行混亂，所以銀戒才會沒辦法指引無窮的去處。不過偶爾干擾比較少的時候，銀戒會閃亮，表示擁有金戒的無窮還活著。

至於阿花……我把她的嫩葉插在一個用靈玉雕刻的小盆子裡，沒事就澆澆水。大概要很久很久才能把她種回來吧……沒關係，我等得起。

歸虛神民邀我住下來，雖然很喜歡他們……我還是婉拒了。因為……無窮也在這裡。

我啊，終於知道，事實上我是膽小鬼啊。愛哭又軟弱的膽小鬼。我不敢留在這裡，結果無窮沒找來。或者我想辦法找到他，面對的是他的討厭和憎恨。

他還活著，就好了。我就知道沒什麼能殺死他這變態。

真的，太好了。

哪，我也要試著獨立，學著不依賴，不愛哭。難得來到慧極……遊蕩看看嘛。認識一下無窮口中的慧極……認識各地的「主人」，感悟相同或不相同的「道」。

把每分每秒填滿，說不定，我就會治好愛依賴又愛哭的毛病……說不定。

可西南大地根真是個壞心眼的「主人」。傲嬌就算了，還很有惡趣味。不是說祂很排外很討厭修士嗎？

我好不容易下定了決心，做好了準備……雖然祂抵死不認，但我絕不相信身為修士的無窮，有本事自己摸索著找到我。

這可是五行混亂到不行，修士幾乎寸步難行的西南大地根啊。

他瞪著我，我迴避他的目光，拉低兜帽，僵住不知所措。猶豫了一會兒，我硬著頭皮從他身邊走過。

不要哭，不准哭。不是知道可能會這樣嗎？扔掉無窮最珍惜執著的百年剎那，就可能被他討厭。只是希望他活下來……一開始是這樣，最後也該是這樣。

他最愛的還是那破玩意兒……不知道多久才想到我。

錯身時，我悄悄的閉上眼睛，不知道他會不會一刀殺過來……那時我該怎麼辦，該怎麼做……不知道，真不知道。

我被他抱了個滿懷。

不要哭，不准哭。

「……鸞鸞。」他泣不成聲。

「……你沒追到百年剎那？」我的聲音好遙遠、空洞。

「追到了。」無窮用破破碎碎的聲音說，「但再也沒有百年剎那了。」

後來無窮告訴我，他和無名能兩次穿過破碎危險的傳送陣，可能就是因為緊跟著百年剎那。

雖然他運氣比較好，在落地前就搶到百年剎那，卻覺得異常空虛。最後他也沒殺只剩一口氣的無名，把百年剎那扔到糾纏混亂五行的靈氣中，瞬間就分解成無數細小零件，歡呼著如煙火般飛入整個西南大地根。

「……為什麼？」我迷惘了。

「不知道。我不知道……」無窮的眼淚點點滴滴順著我的臉龐滑下，「只是覺得……沒有妳，什麼都沒有意思。百年剎那也好，成仙也好……缺了妳，那些要幹嘛？沒有妳，心好痛，痛得好想挖掉不要了……別留下我一個。」

喂，說好的堅強獨立呢？說好的離婚和不哭呢？鸞歌妳這沒出息的東西，別忘了他跑去追百年剎那不是追妳!!

但我還是哭了，緊緊抱著他的腰，哭得快要斷氣。

我真沒出息，太沒出息。

媽！都要怪妳啦！許願要精準一點啦！命運之神一定很憨直……這麼扭曲的達成我娘所有的願望，害我變得這樣沒出息。

雖然以後我常常後悔當初的沒出息……尤其是無窮十二萬分之認真研究蒐羅泡元嬰藥用「福馬林」時，雖然知道那是不得已屍解修散仙用的……但照我對他的了解……算了，別再想下去，太可怕了真的。

沒出息的喜憨兒和沒出息的外星人（對慧極而言），也算是什麼鍋配什麼蓋吧。

我不知道他想通了什麼，但他陪我漫遊時，卻顯得興致勃勃，像是去了一層罣礙。我想，男人也不是都很笨的……開竅了，就會聰明一點點。

距離大道，就不是那麼遠。

後來我陪他揚帆回去星繁諸島，因為他想印證所有陸無窮的記憶，添補上自己的。他擁著我在船首乘風破浪，我卻得拚命忍住不笑……因為我很芭樂的想到《鐵達尼號》。

幸好無窮沒看過那部電影。

不過我很快就笑不出來。

因為，無窮含情脈脈的說，「鸞鸞，我們生個孩子來玩玩吧。」

晴天霹靂，最可怕的事情發生了。

我絞盡腦汁試圖說服他，從他最在意的境界到修為，到兩人小宇宙的破壞，想盡辦法阻止，但無窮是個意志堅定的人。

「體驗一下凡人的生活也挺好的。小孩子不乖？不怕啦，他又不適用四不原則……我會教好喔。衝關不重要啦，」他湊到我耳邊，用氣音說，「重要的是……我想要妳啊……」

我的臉孔燒了起來，理智漸漸離我遠去。

慘了……真要鑄成大錯……了嗎？將來要怎麼跟小孩子道歉呢？我模模糊糊的想著。不過無窮撲倒我的時候，我還是抱住了他的脖子。

兒孫自有兒孫福。我媽那麼不靠譜兼缺邏輯……給我安排了這樣詭異的後續，結果……還算是挺好的……吧？

看著他溫潤滿足的臉孔……我覺得，這麼一個腦袋有洞的修仙者（而且很有機會成仙），常常後悔想離婚，也沒有關係……沒有關係。

我情願一直後悔下去。

（洞仙歌完）

作者的話

其實我並不是一個很適合類別的作者。所以我寫的東西自己都會覺得有點無言……所有的作品只能稱為「雞尾酒」……因為什麼都混一點。

所以我當言情小說家事實上很失敗。

但我對類別型的小說還是很有興趣的，甚至去年一整年都嘗試著寫已成類別的「穿越」……結果，還是很不類別，甚至會下意識的打趣相同類別的作品。

這篇《洞仙歌》其實是去年開的稿，就是在寫「穿越年」時的產品。因為本質上是很詭異的惡搞，我自己也寫得很愉快，但是被其他更緊迫著要出來的故事排擠，最後還是寫了一半就暫停，跑去寫《瓊曇剎那》。

但是我一直反覆在看這篇殘稿。應該說，這篇一直都是我很喜歡的作品（雖然男女主角都是變態＋外星人），而且跟穿越年的幾部作品都有關係，甚至橫跨到

〈三臺令〉。

今年我的健康狀況一直都不大好，長長短短的病過七月才慢慢穩定下來，當中跑過兩次急診室。所以產量銳減（跟去年比起來），但也表示我能夠有比較多的時間醞釀。

等我寫完心力交瘁的《西顧婆娑》，我想，這次我該寫點無厘頭的小說，最少不那麼費心費力兼心情低落。

所以我把《洞仙歌》翻出來寫了。雖然不是那麼適合出版的作品……牽涉到許多「修仙大作」的打趣，不過，算了，管他的。

不過還是照慣例交代一下。關於修仙境界，雖然修仙類別早用到爛了，我還是得認真的說，的確來自《飄邈之旅》（蕭潛著）的設定。至於嗑藥開心農場撿骨修仙流，則是對於長壽連載《凡人修仙傳》（忘語著）的消遣。

當初在寫的時候也考慮過這樣應用是否不當……但我看了許多「修仙類別」小說後，啼笑皆非之餘，就打消了疑慮，一往無前的繼續寫了。

想想看，嘲諷恐怖片類別化的電影《驚聲尖叫》都能連出續集了，還衍生出

《驚聲尖笑》這類黑色喜劇電影，讓我寫寫也不會怎麼樣。

有很多讀者閱讀《洞仙歌》都會開始猜測，當然有人猜對，但也有人猜錯。嚴格說起來，《蠻姑兒》相關（包含《芙渠》、《百花殺》）都和《洞仙歌》有點關係。

或者可以歸納得很簡潔：軒轅國主為了讓花相終結親故緣淺、必定孤獨而死的宿命，在花相轉生成二十一世紀的女醫生，因為情傷而割腕被送到醫院時，主掌宇宙規矩的神明軒轅國主，決定撕開時空的裂縫，給花相最好的重生環境，讓她歷練一番，終止這不幸的宿命。

於是軒轅國主撕開時空裂縫，將花相（自殺女醫生）的魂魄送到歷史歧途的大明朝，卻一時疏忽，讓同病房的安平（《蠻姑兒》女主角）不慎一併捲入，更因為忘記隨手關「裂縫」，被同情鸞歌母親的陰間引魂使者小小的利用了一下，才會把鸞歌（本書女主角）也推入到歷史歧途的大明朝，開啟了「因為媽媽少根筋」所導致的玄幻修仙之旅。

這可說是「忘記關門所引發的一系列血案」。

（看在我寫了幾十萬字的份上，不要扔雞蛋……）

同時我也回答一下讀者的若干疑惑。

在《百花殺》非常活躍卻從沒正式出場的李芍臣，歷練五十年後，雖然在歷史歧途的大明朝過世了，卻回到了二十一世紀。女醫生只是「自殺未遂」，並不是真的死了，大明朝的五十年（半百光陰）對她來說只是一夜的夢境。

不過跟女醫生同病房的安平卻真的掛了……畢竟她病得很重，一夜離魂是捱不住的，又不像女醫生有軒轅國主這個大殺器兼超級外掛護航。

至於同個管道被送過來的鸞歌……我想她都摔到能看到自己脊椎了，就算軒轅國主找到她要復活也無可能。更何況，她是陰間引魂使者「偷渡」的，軒轅國主渾然不知……

就是一連串的巧合和無奈，造就了鸞歌的一失足成千古恨，和變態喜憨兒陸無窮糾纏個沒完沒了的孽緣。

雖然很想反對，但又蒼白無力的成了「斯德哥爾摩症候群」的例證。

（雙手合十，鸞歌一路好走）

當然，這不是一種健康的愛情觀。但我是說書人又不是專家學者，所以讀者請用輕鬆愉悅的心態閱讀就行了，別因為「沒有寓教於樂」、「教壞小孩子」要求說書人出來面對。

而且我也要重申，這只是純粹惡搞的雞尾酒玄幻小說，如有雷同，純屬巧合，主角叔叔阿姨有練過，小朋友（大朋友也一樣）請勿模仿。

嗯，我已善盡告知責任了……有任何後遺症請勿來電，說書人恕不負責。

（茶）

這個時候，只要微笑（或爆笑）就好了。

並且在閱讀時，遠離所有飲料和食物，避免污染鍵盤、滑鼠、螢幕，或任何閱讀範圍內的所有物品。

蝴蝶seba，關心您。

（真的不要丟雞蛋……雞蛋也是要錢的）

蝴蝶 2011/10/14

※《拾遺記》：中國志怪小說，由東晉王嘉所著。共十卷，記載自伏羲氏、神農氏以降的神話傳說，迄至東晉。

國家圖書館出版品預行編目資料

洞仙歌 / 蝴蝶Seba著. -- 二版.
-- 新北市 : 雅書堂文化, 2020.01
面 ; 公分. -- (蝴蝶館 ; 54)
ISBN 978-986-302-527-6(平裝)

863.57 108023314

蝴蝶館 54

洞仙歌

作　　者／蝴蝶Seba
發 行 人／詹慶和
執行編輯／蔡毓玲・蔡竺玲
編　　輯／劉蕙寧・黃璟安・陳姿伶・陳昕儀
封面設計／古依平
內文編排／陳麗娜
美術編輯／周盈汝・韓欣恬

出版者／雅書堂文化事業有限公司
郵政劃撥帳號／18225950
戶名／雅書堂文化事業有限公司
地址／新北市板橋區板新路206號3樓
電子信箱／elegant.books@msa.hinet.net
電話／（02）8952-4078
傳真／（02）8952-4084

2012年02月初版一刷　2020年01月二版一刷　定價220元

經銷／易可數位行銷股份有限公司
地址／新北市新店區寶橋路235巷6弄3號5樓
電話／（02）8911-0825
傳真／（02）8911-0801

Seba・蝴蝶

Seba・蝴蝶

Seba・蝴蝶

Seba · 蝴蝶